阴翳

いんえいらいさん

礼赞

［日］

谷崎润一郎——著

陆求实——译

陕西师范大学出版总社

图书代号：SK16N0209

图书在版编目（CIP）数据

阴翳礼赞／（日）谷崎润一郎著；陆求实译 . —西安：
陕西师范大学出版总社有限公司，2016.5
ISBN 978-7-5613-8416-9

Ⅰ．①阴… Ⅱ．①谷… ②陆… Ⅲ．①随笔—作品集
—日本—现代 ① I313.65

中国版本图书馆 CIP 数据核字（2016）第 072579 号

阴翳礼赞
YIN YI LI ZAN

[日] 谷崎润一郎 著　　陆求实 译

责任编辑 焦　凌
责任校对 小　雅
特约编辑 陈　彻　陈　淡
出版发行 陕西师范大学出版总社
　　　　　　（西安市长安南路 199 号　邮编 710062）
网　　址 http://www.snupg.com
经　　销 新华书店
印　　刷 山东临沂新华印刷物流集团有限责任公司
开　　本 880mm×1230mm　1/32
印　　张 6
字　　数 115 千
插　　页 4
版　　次 2016 年 5 月第 1 版
印　　次 2016 年 5 月第 1 次印刷
书　　号 ISBN 978-7-5613-8416-9
定　　价 29.80 元

读者购书、书店添货或发现印装有问题，请与营销部联系、调换。
电　话：(029) 85307864　85303629　　传　真：(029) 85303879

译者序

　　根据有一种说法，对日本文化的入门认识，文学需从谷崎润一郎的《阴翳礼赞》开始，电影需从《楢山节考》开始，摄影需从荒木经惟开始……对此我没有深入查考，但我以为，如此简括精练的评价，作为日本唯美派现代文学的代表人物之佳作名篇，《阴翳礼赞》当是受之无愧的。

　　20世纪初的日本，刚刚进行了以重工业为中心的电力产业革命，即"第二次工业革命"，在经济上完成了"脱亚入欧"，第一次世界大战之后，日本跻身为世界五大强国之一，在政治也上完成了"脱亚入欧"。在文化方面日本自然也不甘落后，从西洋归来的知识分子积极渲染西洋文明和资本主义生活方式，倡导"全面西化"，一切照搬学习西方，唯美主义文学便在此时蔓延至东洋岛国，并在1916至1917年前后发展到巅峰，其风头甚至取代了当时占据文坛主流的自然主义文学，与白桦派文学、新现实主义的新思潮派文学一起雄踞日本文坛，其代表人物包括永井荷风、谷崎润一郎、佐藤春夫和后来的三岛由纪夫等。

谷崎润一郎少年时期曾在私塾学习汉语，从而打下了深厚的汉语基础，十几岁时即能吟句赋诗，经常在校友会杂志上发表自编的故事和汉诗等，显示了其出众的才华。但在东京大学国文系读到三年级时，谷崎润一郎因拖欠学费而不得不退学，从此开始了他的创作生涯。1910年，他和剧作家小山内薰、诗人岛崎藤村一同发起创办《新思潮》杂志（掀起日本文坛的"第二次新思潮"），并发表了小说《麒麟》《刺青》《帮闲》《少年》《秘密》《羹》，剧本《诞生》等，因作品构思新颖、文笔流畅而受到小说家永井荷风的青睐，在文坛上崭露头角。谷崎润一郎早期的作品《恶魔》《痴人之爱》《卍》《食蓼虫》等，大多都描写了男女情感世界中的变态心理和背德行为，联系当时的社会时代背景，这一主题正是享乐主义和颓废风潮在文学中的反映。1923年关东大地震后，世居于东京的谷崎一家迁居到关西。京阪一带秀美的自然景色，淳朴的风土人情，厚重的传统文化氛围极大地激发了他的创作热情，另一方面，或许也正是这些浓郁的日本元素，潜移默化地使他的创作风格悄然发生改变，开始回归到日本古典与东方传统美学方面，从单纯追求官能至上、癫狂变态的爱欲享乐，逐渐转向追求那种东方的古典温雅与幽玄神秘之美。这段时期创作的重要作品有《春琴抄》《细雪》《少将滋干之母》《疯癫老人日记》以及用现代日语译写的《源氏物语》等。

本书题名之作《阴翳礼赞》写成于 1933 年，谷崎从现代化的电器用品进入日式居所而带来的美学尴尬谈起：前所未有的明亮，无所不在的电线，与木造建筑格格不入的瓷砖……然后说到厕所，"房檐和树叶落下的雨滴，洗濯着石灯笼的底座，润湿了脚踏石上的青苔，最后渗进泥土，那闲寂的声音宛如近在耳旁。茅厕最适宜于谛听蛩吟、鸟鸣，且和月夜两相宜，是品味四季不同情趣的理想场所，古来的俳句诗人恐怕就从这里获得了无数的灵感吧。"原本住宅中最不洁的场所在他笔下却变成了最风雅的地方……通过对日本传统生活样式及习俗的独特性和其值得称道的效用性的礼赞，揭示了日本风格传统审美意识的本质，是讴歌日本传统美的名篇，也让人对日本之美有了新奇而深刻的认识，正因如此，《阴翳礼赞》才会被尊为世人了解日本文化的入门之作。

日本自古就有创作随笔的传统。日本随笔（essay，相当于我们所说狭义的散文）通常不过是生活再现，不注重抒情，却写得很有感觉，于细微之处打动人心。谷崎润一郎同样是位随笔高手，除了《阴翳礼赞》，本书所选《懒惰说》《恋爱及情色》被评论家筱田一士称颂为是丝毫不逊色于《阴翳礼赞》的作品，同为谷崎润一郎的随笔代表之作。读过之后会发现，它不仅仅是日本传统与现代的比较论，更是东西方文明论，谷崎在肯定西方文明的同时，尖锐地抨击了西方资本主义社会"文明"的虚伪性："……照这样的话，美国人应该立刻从鼻孔到屁眼好好清洗清洗，干净到可以用舌头去舔，排出的粪便也必须散发出麝香一般的香气，否则很可能被批评说不配称为真正的文明人。""西方人的所谓'文明设施'也好，'清洁'也好，'整齐'也好，难道不就是像美国人的牙齿一般的东西么？说起来，看到那白生生、没有半点污垢的齿列，我就情不自禁地联想到西式厕所里铺着瓷砖的地面。"其评论犀利到几近刻薄，挥斥方遒，仿佛弘扬东方文明的辩手姿态，不由地令读者为之击节称赏。在《我眼中的大阪及大阪人》《关于"白痴艺术"》两篇随笔中，可以看到作者毫不掩饰其对于关西第二故乡的赞美和对东京的奚落。当时的东京事实上已经成为日本全面西化的急先锋，而京都大阪一带则历来是日本传统文化的重镇，东西相亢在另一个意义上也是日本与西洋的东西方文明交戟和交融的具象化体现，因此谷崎抑此扬彼，目的仍在于对西方文明的假象加以批判。

不同于其小说作品，谷崎润一郎的随笔总体阅读感受要明丽得多，往往从一些生活琐事（譬如女性的穿着、说话腔调等），引申出一系列滔滔不绝的发挥与阐释，在打破常规的基础上，为读者开启了一扇以反抗精神主体性为核心的崭新的审美之窗，而它所体现出来的艺术批判和西方文明价值否定，其实更是一种美学的升华，谷崎理想中的美的世界有点与众不同，这既显示出其思想的独特性，也体现了他极高的文明自觉。

日本评论界向来十分关注谷崎润一郎的"回归日本"理论。从以《阴翳礼赞》为代表的一批随笔发表之初，作者就公开表明了自己的这一立场，以至于被当作某种宣言来解读。然而，这样的回归并不意味着盲目的排外和狭隘的国粹主义，而是理性思考得出来的结论，作者所要表明的中心思想无非是希望人们不要妄自菲薄，在西方文明面前自我矮化，应该重新审视和发扬日本古典的传统之美，这种温静典雅之美更能够与自然、世界和谐共处。这种理性的认识，在当下的中国仍可资借鉴，这或许也是我们今天重新阅读谷崎润一郎作品的意义所在吧。

目 录

懒惰说　　　1

恋爱及情色　　　17

我眼中的大阪及大阪人　　　53

阴翳礼赞　　　101

关于"白痴艺术"　　　139

故里　　　163

幼少时代的美食记忆　　　177

懒惰说

所谓懒惰，简单说就是"怠倦"。通常，"懒惰"的"懒"字用"嬾"字代替，写成"嬾惰"，这是错误的，正确的应是"懒惰"。今查简野道明①《字源》，"嬾"用于"憎嬾"等语词，意为"憎恶"或"讨厌"；"懒"则是"无精打采""疏慵""怠惰""疲惫"的意思。《字源》引柳贯②诗句为例：

借得小窗容吾懒，

五更高枕听春雷。

倘使再转引几个《字源》中的用例，还可得许月卿③诗"半生懒意琴三叠"、杜甫诗"懒性从来水竹居"等句子。

①简野道明（1865—1938）：汉学家，东京高等师范学校毕业，曾到中国游学，著有汉和词典《字源》。

②柳贯（1270—1342）：元代浦江（浙江）人，字道传，曾任翰林侍制兼国史院编修官。

③许月卿（1217—1286）：宋代婺源人，字太空、驹父，编纂有《四库总目》。

由以上例子即可得知，懒惰无疑是"怠惰"之意，但似乎也含有几分"厌烦""厌憎"的情绪，这一点切勿疏忽。而且更需注意的是，"借得小窗容我懒""半生懒意琴三叠""懒性从来水竹居"① 云云，都是明知"疏慵的生活"中自有另一番天地，故而晏然安适其中，向往、企慕，有时候甚至还有一种故意炫耀、矫情的倾向。

这种心态不仅中国，日本也自古有之，倘若从历代歌人、俳人的吟咏中去寻例子，必定其数无限。尤其值得一提的是，室町时代的御伽草子②中，甚至还有《懒太郎》这样的小说。

    ……虽名字唤作懒太郎，所幸对造房子很是在行，想着垒起方圆四町③的土墙，三面立门……天花板上敷布锦帐，桁架、屋梁、橼子等皆用白银黄金的榫头销钉唧接，并张挂璎珞帘子，就连马厩、门房的建造也不能马虎。然而想归想，怎奈诸事不备，只好树立四根竹竿，上盖草席，住在里头……此种住居虽说寒碜，但手足皲裂、跳蚤、虱子，以及身上的垢腻之类，却不愁没有……有道是舍不出本儿，成不了商人；田间不作物，口中无食粮。懒太郎却是成天游手，有时一连四五天赖在榻上不着地。

如此落墨如此笔意，是纯粹的日本式思维方式，决然不是中国小

---

① 以下仍统一用"懒"。
② 御伽草子：日本室町时代至江户初期涌现的通俗文学作品的统称，篇幅短小，内容多为爱情故事、童话故事及讲述神佛社寺由来缘起的传说等。
③ 町：日本旧制土地面积单位，有时也作长度单位，1町约为99公亩。

说的翻版[1]。恐怕是当时的破落公卿们，自己便过着懒太郎式的生活，为了排遣无聊才写下这样的东西吧。多少因为这个因素起着作用，所以作者对这种无可救药的懒汉主人公，非但不加以摈斥，反而为其怠惰、污秽、厚颜无耻抹上一层易被接受的可爱色彩。虽被邻人们嗤之以鼻，把他当成一个累赘，然而他身为乞丐，却有着不畏地头[2]淫威的勇气，赋性鲁钝，和歌却吟得了得，以至传到当时天皇耳朵里，最终被供奉为多贺大明神。

早年，佩里率船队于嘉永年间驶来浦贺时，他们对于日本人最敬佩的地方是十分爱清洁，海港街道和家家户户都打扫得非常干净，这一点不同于其他亚洲民族。我们日本人就是这样，是东方人种中最勤劳、最不懒惰的民族。尽管如此，仍有这种"懒太郎"思想和文学。"怠惰"绝非褒扬之词，没有人会觉得被称作"懒汉"是很光彩的，但另一方面，嗤笑那些一年到头辛苦劳作的人，有时甚至视其为俗物，这种观念到今天也不能说绝对没有。

写到这里想起一件事情。最近，《大阪每日新闻》连续数天刊载一篇题为《美国记者团看到的日本和中国》的报道，这是报社的高石真五郎先生将最近美国新闻记者联合会到东方旅行观察，归国以后在报上发表的各自的真实感想中最有意思的部分摘出加以逐一介绍的东

---

[1] 写完此文之后，读了柳田国男先生关于民间传说的研究，方知道这类传说不仅日本有，全世界范围都有类似的，总体可分成若干体系。尽管穷人飞黄腾达的情结大都相通，但像《懒太郎》这样将懒惰当卖点的作品不知还有没有？浅学如我者，实在无法断定，只好暂且存疑。（作者原注）

[2] 地头：日本镰仓、室町幕府所设的官职名，主要负责抓捕盗贼、征收年贡及轮流守卫将军府等，后逐渐演变为地方上的领主。

西。到今天为止，多是批评中国的，尚未轮到日本头上，不过依目前的笔调来看，他们对于日本似乎远较中国更有好感。他们一到中国，首先对火车的龌龊车况大为吃惊，留下了极不愉快的记忆。而他们乘坐的绝非普通车，已然是张学良命人特意为他们准备的京奉线最好的车辆。即使如此，他们还是感觉糟糕至极，既不能舒舒服服洗一洗脸，也无法像样地刮一刮胡子。这固然是中国纷争不断，财政匮乏等原因所导致，但现今的满洲堪称中国秩序最为良好的富庶之地，加之近年内乱已渐近停息，如此来看就没有什么足以辩解的借口了。就我自身而言，也曾经乘坐京汉铁路线上的头等车厢，和他们有过相同的经历。从北平至汉口约四十个小时，其间卧铺车厢漏雨倒也罢了，说句失礼的话，最令人头痛的是茅厕打扫得太马虎，我内急不得不跑厕所，好几次都是到了门口又折返回来。

想来，这种不讲卫生①和没有规制，不论哪个时代，都是中国人无法幸免的通病。无论引进多么先进的科学设备，一旦交给他们经营管理，立即便带上中国人特有的"懒散"色彩，好不容易引入的现代利器也化为东方式的笨重之物。在以清洁和规整为文化第一要素的美国人眼里，这是不可原谅的懒惰和可耻行为。中国人自己即使稍觉有些不妥当，但只要能凑合着过，也就放任不管了，这种传统癖性不是轻易就能改变的。有时候，他们反而觉得西洋人唯规则是从到了神经质的地步，甚是厌嫌。那位一提起欧美式的繁文缛节就一概反感，对

---

① 去中国旅行过的人都知道，中国人的厨房里抹布和碗布是不分的，擦污物的抹布同样用来擦桌子擦碗，屡屡叫人看了无语。（作者原注）

于本国风习即便如一夫多妻制也无条件肯定的辜鸿铭翁[1]，想必对此种现象也是相当有意见吧。这样说起来，印度的泰戈尔翁、甘地氏等又会怎样说呢？他们的国家在懒惰这一点上好像并不逊色于中国呀。

还有一句题外话，美国记者批评中国不守信用，借了外国的钱却不归还本金和利息。对于这一点，他们写道："南京政府效仿莫斯科。"但这不光是金钱上的问题，不讲卫生不也是两国国民十分相似的地方吗？不知道谁才是嫡派，但就我所知，白人之中俄国人最不讲卫生。凡有众多俄国人下榻的酒店，里面的茅厕大都有着和中国火车上相同

---

[1] 听中国的青年文人说，辜鸿铭翁晚年有些怪僻，不知真假。翁与中国新进作家田汉君在东京天水楼见面时的对话，佐藤春夫在几部小说里都写得很有趣。翁看来知道我的名字，曾托阿部德藏君寄赠自著《读易草堂文集》予我。此书系民国十三年（1914）东方学会出版，内篇二十八篇，外篇十五篇，组成一书，有罗振玉序。内篇卷头《上德宗景皇帝条陈时事书》一节曰："职幼年游学西洋，历英、德、法三国十有一年，习其语言文字，因得观其经邦治国之大略。窃谓西洋列邦以封建立国，逮至百年以来风习始开，封建渐废，列邦无所统属，互相争强，民俗奢靡，纲纪浸乱，犹似我中国春秋战国之时势也。故凡经邦治国尚无定制，即其设官规模，亦犹简陋不备。如德、法近年始立刑、礼二部，而英至今犹未置也……如商入议院，则政出富人；民立报馆，则处士横议；官设警察，则以匪待；民讼请律师，则吏弄刀笔。诸如此类，皆其一时习俗之流弊，而实非立体之正大也。每见彼都之有学识之士谈及立法之流弊，无不以为殷忧。唯独怪今日我中国士大夫不知西洋乱政所由来，徒美其奢靡，遂致朝野皆倡言行西法，兴新政，一国若狂。"又，其《广学解》曰："西人之谓考物，即吾儒之谓格物也。夫言之天则曰物，言之人则曰事。物也者，阴阳五行是也；事也者，天下家国是也。然吾儒格物必天下国家，而不言阴阳五行者，其亦有深意存焉。《易传》言圣人制器以前民利用，此则谓教之以相生相养之道也。然吾圣人有忧天下之深，故其于阴阳五行之学，言之略而不详，其于制器利民之术亦言其然，不言其所以然。盖恐后世之人有窃其术以为不义，而不善学其学以为天下之乱矣。故《传》曰：'作《易》者，其有忧患乎？'今西人考物制器皆本乎其智术之学。其智术之学，皆出乎其礼教之不正。呜呼！其不正之为祸，岂有极哉！"又，《上湖广总督张（之洞）书》曰："昔人有言：'乱国若盛，治国若虚。'虚者，非无人也，各守其职也。"由此足窥少壮时代留学欧洲十一载之翁，后来如何成为嫌弃西洋一奇峤之人矣。（作者原注）

6

的景象。俄国人在西方人中与东方人最相近，从这一点也能得到证明。

　　总之，这种"懒惰""疏慵"是东方人的特征，我姑且将其称为"东方式的懒惰"。

　　这种风习或许是受佛教、老庄的无为思想，以及"懒汉哲学"的影响所致。然而实际上，它与这些思想并无关系，这种风习充斥于更加浅近的日常生活各个方面，出乎意料的根深蒂固，可以说正是我们的气候、风土和体质等孕育了它。相反，佛教和老庄哲学倒恰是这种环境的产物——这样理解才更加接近事实。

　　仅就懒汉的"哲学""思想"而言，西方并非没有。古希腊也有一类譬如第欧根尼①式的懒汉，不过他们的生活态度源于他们的哲学观点，是学者式的态度，不像日本和中国的众多懒汉那样，莫名其妙、吊儿郎当地混日子。那个时代的克己主义哲学虽说是消极的，但遏抑物欲却非常精诚，所以还是很努力，很有意志力的，其境界与所谓的"解脱""真如""涅槃""大彻大悟"等相距何止千里。此外，仙人及隐士之类也不是没有，但他们大多属于寻求发现所谓"哲学家的石头"②的炼金术士之类，近乎中国的仙人葛洪，与其称之为"无为""懒汉"，不如说他们与"神秘"的形象交织得更为紧贴。

----

① 第欧根尼（Diogenēs，约前412—前323）：古希腊哲学家，四大学派之一犬儒学派的代表人物。他的真实生平难以考据，但古代留下大量有关他的传闻轶事。
② 又称贤者之石，即点金石，炼金术士所寻求的能使其他金属变成金银的一种实际上不存在的东西。

到了近代，提倡"复归自然"的让·雅克·卢梭^①的思想，据说有些地方和老庄思想相通，不过说老实话，我就是个懒汉，迄今连《爱弥儿》也没读过，所以不敢妄加置喙。然而我觉得，不论其思想和哲学究竟如何，在日常实际生活中，西方人既不"懒惰"，也不"疏慵"。他们的体质、肤色、服装、生活方式，以及所有环境条件造就了这样的他们，即使偶尔因为某些原因迫不得已不讲卫生、不讲规整，但他们做梦也无法理解东方人的这种想法——在懒惰之中觅得另一片安逸天地。他们不论富人或穷人，不论游手好闲者或勤奋劳作者，不论老人或青年，不论学者或政治家，不论艺术家或工人，在积极、进取、奋斗这一点上都是相同的，全然没有差别。

"东方人的精神性、道德性究竟意味着什么？舍弃俗世隐遁山中、独自耽于冥想的人被称为圣人或高洁之士，然而在西方，却不会将这种人视为圣人或高洁之士，他们只不过是一些利己主义者。我们把那些勇敢地走上街头，给病人送上药和食物，为穷人分发物品，为增进全社会的幸福而牺牲自我、勤奋工作的人，视为真正有道德的人，将他们从事的工作称为神圣的事业。"我曾读到过约翰·杜威^②写的这样一段话，大致是这个意思，这是西方普遍的思维标准——如果说这是常识，那么所谓"怠惰""无为"，在他们眼里就是极其不道德的行为。虽然我们也是东方人，但我们并没有将"怠惰"看得比

---

① 让·雅克·卢梭 (Jean Jacques Rousseau，1712—1778)：法国 18 世纪的启蒙思想家、哲学家、教育家、文学家，法国大革命的思想先驱，主要著作有《论人类不平等的起源和基础》《社会契约论》《爱弥儿》《忏悔录》等。

② 约翰·杜威 (John Dewey，1859—1952)：美国哲学家、教育家，也是实用主义的集大成者，代表著作有《哲学之改造》《民主与教育》等。

"勤奋"更加高尚，所以我不打算正面反驳这位美国哲学家的说法，更不会正颜厉色、咄咄逼人地反唇相讥，不过还是想问一句：欧美人所说的"为增进全社会的幸福而牺牲自我、勤奋工作"，究竟指的是哪种情形？

例如基督教运动有个叫"救世军"的团体，我对于从事这种事业的人们抱有敬意，绝不暗怀反感或恶意。但不论其动机如何，像那种站在街头，用激越、快速、急切的语调进行说教，为援助自愿放弃职业的人，上贫民窟挨家挨户赠送慰问品，扯着每一个行人的衣袖散发传单，劝人向慈善箱里捐款——那种小儿科、琐琐屑屑的做法，不幸很不符合东方人的性格。这不是公理不公理的问题，而是民族性的问题，是每个东方人互相都能理解的一种心理。我们一看见那种活动，便从脚底心腾起一种被人驱赶的慌张心情，哪里还会悄然生出半点同情心和信仰心呢？人们经常指责佛教徒的传教和救助方式较基督教更为保守、消极，实际上佛教才更符合东方人的国民性。镰仓时代的日莲宗和莲如时代的真宗虽说非常积极和主动，但最终不过化为"七字题目"和"六字名号"①。那种做法和现世没有一枝半节的联系。禅宗的道元便做如是想："人生为佛教，非佛教为人生也。"我以为，这与基督教有着千里之差。

诸葛孔明因玄德三顾茅庐而惶恐不已，无奈只得舍弃闲散的生活，这是《三国志》中众所周知的故事。倘若孔明不等到被玄德硬请出山，而是更早地置身俗世当然也未尝不可，但假使玄德再三恳请，仍隐匿不出，与闲云野鹤为友而终其一生，其心境同样能够引起我们

---

① 指日莲宗唱念的"南无妙法莲华经"七字题目和"南无阿弥陀佛"六字名号。

的共鸣。中国自古有"明哲保身之道"一说，忌争避乱，以全其身，这也可以看作是一种处世之术。战国时，苏秦衣锦还乡，趾高气扬地说："且使吾有洛阳负郭田二顷，吾岂能佩六国相印乎？"功成名就，佩六国相印固然了不得，在靠近城郭的地方耕田二顷，一辈子隐没于乡间也不坏。可是，苏秦这个人扬扬得意地说出此种话来，颇像现今的国会议员，其品格远比孔明之类低下。事实上在东方，较之苏秦类型的人物，孔明类型的人物不单品格上更加高尚，本质也更为优秀，这方面例子多得是。

最近，我看到各种电影杂志上刊登的好莱坞电影明星的照片，时常觉得奇怪，这些肖像将他们的脸部放大特写，无一例外都露着牙齿在笑，同样毫无例外的是，不论哪个明星，牙齿都那么洁白，像珍珠似的排列得整整齐齐。但仔细端详他们的表情便会发现，那根本不能算是笑脸，只不过硬生生拿腔作势地张开嘴，故意露出两排牙齿而已，就像经常看到日本女孩子骂街时，"咦！"的一声露出牙齿一样。这种感觉，女演员身上还不很厉害，男演员特别明显。如此感受的人大概不止我一个，读者诸君倘若不信，不妨赶快翻开Classic杂志一览就明白了。回想一下，不管哪个演员的肖像都是一副"笑脸"，但立即就变成了"露着牙齿的脸"，实在妙不可言。

愈是文明发达的人种，愈重视牙齿护理。据说齿列美不美，可以推测出一个种族文明的程度。如果这是真的，那么牙科学最先进的美国就是世界第一的文明之国。那些拿腔作势堆出一副笑脸的演员们，或许是在有意夸耀："瞧，我是如此文明的人啊！"而像我这样天生牙齿参差不齐，并且从未想过矫治的人，正如已故大山元帅①那一脸麻子一样，被当作未开化人的标本也是没法子的事。说起来，近年即便是日本人中像我这样的人也成了特例，稍微时尚一点的城市，无论走到哪里，那些受过美国式调教的牙科诊所都生意隆盛，其中有人不惜甘冒脑贫血的风险，拔掉或打磨足堪使用的天成牙齿，施行人工修饰。或许由于这个原因，近来都市人的牙齿越来越美观，过去那种参差不齐的牙齿、龅牙、蛀牙明显少多了，且不论男女，讲究做派和仪容的人，哪怕买管牙膏也必定要用"科里诺斯"或"白速得"②等美国的舶来货，更仔细的人甚至早晚刷两次牙。因此，日本人的牙齿一天天变得雪白如珍珠，渐渐接近美国人，也渐渐变成文明人了。只要其目的是给人以快感，那也无可非议。不过，原本日本对于龅牙、黑黑的龋牙等，反倒认为其不完美中自然有一分可爱，而整整齐齐长着一口白生生牙齿的人，则给人一种刻薄、奸黠、残忍的印象，所以，东京、京都、大阪等大都市的美人（哦不，男人也一样），大都牙齿既不好，又不整齐，尤其是京都的女性牙齿脏污已成定评。据我所知，反而九州一带边鄙乡野的人，许多都长着一口好看的牙齿（我并不是说九州人刻薄，请勿动气）。至于老人们，因烟油积垢，牙齿又黄又脏，呈现打磨过的象牙色，透过疏髯白须的漏隙暴露于外，同肤色十分协调，倒也别有一番老人风情，给人以不紧不慢、悠然自得之感。其中也有掉落一两颗的，但顺其自然，看着也并不显寒碜。如今，有

---

① 大山元帅：指大山岩（1842—1916），日本陆军大将、元帅，甲午战争时任第二军司令，日俄战争时为日军满洲军总司令官。

② "科里诺斯"（Kolynos）和"白速得"（Pepsodent）均为口腔护理用品品牌，分归高露洁和联合利华旗下。

着一口烟黄牙齿的老人，只有在乡间才能见到，中国和朝鲜则到处都是。老人的牙齿又白又齐，起码与东方人的容貌不甚般配。即便装假牙也要尽量接近自然，上了年纪偏要故作年轻，"人过四十妆更浓"，实在令人生厌。

据上山草人①说，美国的礼节实在麻烦，男人在女人面前不可露出一点点肉体，这自然不消说了，擤鼻涕抽鼻子也不可以，咳嗽也不行，所以感冒的时候哪里也不能去，只好成天窝在家里。照这样的话，美国人应该立刻从鼻孔到屁眼儿好好清洗清洗，干净到可以用舌头去舔，排出的粪便也必须散发出麝香一般的香气，否则很可能被批评说不配称为真正的文明人。

无独有偶，我曾经听已故芥川君②转述过一件逸闻：成濑正一氏③在德时去本地人家做客，将芥川君的《大石内藏助的一天》即兴译读给主人听，读到"内藏助起身去了茅厕"这句时，突然结舌杜口，到底没有将"茅厕"这个词译出来。

保罗·莫朗④的小说中经常出现"茅厕"这个词语，所以换成近年的法兰西等国大概就不会出现这样的场面。不过欧美人好像对这种事情特别介意，似乎将这认为是文明的资格。

读过托尔斯泰《克莱采奏鸣曲》的人都知道，小说主人公不遗余

① 上山草人（1884—1954）：日本新剧演员，后赴美国好莱坞拍电影。
② 指芥川龙之介（1892—1927），日本大正时代市民文学的代表，师从夏目漱石，一生创作了大量短篇小说，代表作有《罗生门》《地狱变》《河童》等。
③ 成濑正一（1892—1936）：日本的法国文学研究者，译有罗曼·罗兰的作品数种，还曾与芥川龙之介、久米正雄、菊池宽等共同创办《新思潮》杂志。
④ 保罗·莫朗（Paul Morand，1888—1976）：法国外交官、作家，其作品富于异国情调，主要作品有长篇小说《香奈儿的态度》和短篇小说集《温柔的储存》等。

力地抨击欧洲所谓"文明人的生活方式"。看看他们日常的食物、女性服装等，极富刺激性和纵容性，除了挑逗色欲再无其他目的，但另一方面又不嫌烦琐地讲究礼仪规矩，实在虚伪。——我现在手头没有此书，记忆不甚清晰，不过大体就是这个意思。读的时候我心里便在想，托尔斯泰到底是俄国人啊。

实际上，绅士们在晚宴席上穿着脚镣手铐般的礼服，面对充满诱惑的妇女装束，不能嗳气，不能打嗝，喝汤不能出声，坐上桌子就要受这种礼法的束缚，就算精美绝伦的食物杂陈于面前，还会有什么胃口？说到这个，中国人的宴会目的便是"吃""喝"，因此可以不怎么讲究礼仪，即使口中发出很响的动静，即使弄脏了桌子、地面也都没关系，倘若是夏天在南方，主人甚至会先脱去上衣，腰以上全部裸露。日本在这一点上同中国也没有多大差别。

说到酒店里的餐厅，有人认为那里是家庭式的、豪华的，要比过于讲究个人私密的旧式旅馆更好。可是，那种地方看起来似乎是绅士淑女展示服装、满足虚荣心的场所，吃饭的意义则在其次。穿着浴衣，靠着托肘矮几，随意地摊开两腿，这种吃法才是最受胃袋欢迎的。

总而言之，西方人的所谓"文明设施"也好，"清洁"也好，"整齐"也好，难道不就是像美国人的牙齿一般的东西么？说起来，看到那白生生、没有半点污垢的齿列，我就情不自禁地联想到西式厕所里铺着瓷砖的地面。

现今令我们为之苦恼的双重生活的矛盾，并不在于衣、食、住的形态等细枝末节，而在于我们眼睛看不见的更深一层的原因。即使我们强迫自己居住在没有半张榻榻米的房子里，从早到晚穿西服、吃西餐，终究还是无法坚持下去，到头来，仍会将火盆搬进西式房间，或盘腿坐在地毯上，因为不管怎么说，东方人与生俱来的"散漫"和"慵懒"在心底深深扎下了根。首先一点，我们会对吃饭的时间极其规律化而感到痛苦。白天在办公室上班的人，在工作时间里不得不有规律，一回到家就不讲规律了，否则真的会无法静下心来放松休息，也不想喝酒吃东西了。因此许多在工作单位吃午饭的日本人，只是胡乱把一点简单的食物塞进嘴巴，权当是一顿饭了。然而，住在神户、横滨的西方人不是这样，家在附近的人，即使工作繁忙时间紧张，也一定要按时回家，坐在餐厅里笃定悠悠地吃饭、喝酒，然后按时回到办公室。我真想说，这样急匆匆有什么意思？可他们已经习惯于这种规矩钩绳的生活了。其次，从西餐的制作本身来讲，如果你不按时按分坐上餐桌，厨师做起来也有困难。因此，日本人每当听到厨师不厌其烦地叮问"几点用餐"，心里就生气。而假使误了钟点，不管饭菜多糟糕，厨师绝不负责任。

闻一而知十。餐盘和碗筷等，差不多洗一洗就可以了，然而西餐的食材往往油腻多，加上银器、瓷器、玻璃制品又多，时刻得倍花精力，将它们擦拭得锃光发亮。虽然受着这么烦琐的束缚，但我们却仍难以下决心打破这种双重生活。

英国的老人早饭吃一大块油腻腻的牛排，然后拼命活动，振奋精神，蓄养体力。这无疑也是一种养生方法。但是在懒人眼里看来，吃了那么多刺激性食物，还得不由分说地运动才能完全消化，可见运动也是一种苦役。有这点时间，不如安安静静读书或许更有裨益。何况正如托尔斯泰所言，刺激性的食物更能煽动性欲，使人躁动不安，结果造成精力浪费。如此说来，这与节食而怠惰孰好孰坏真令人弄不明白了。

过去——也就是我祖母那个时代往前，大户人家的女眷们一年到头待在不见天日的昏暗屋子里，很少外出；京都、大阪一带的旧式家庭，据说五天才洗一次澡；被称作"隐士"的人，更是整天坐在蒲团上一动也不动。现在想想，那副样子他们怎么生活，实在是不可思议。至于他们吃的东西，真是少得可怜，且寡淡无味，就像捣碎喂鸟的饲料——白粥、梅干、梅子酱、鱼松、煮豆、佃煮①，我至今还能忆起祖母饭桌上的这些东西。她们有着与她们个体相适的保守的养生法，而大多数情况下比起经常运动的男子更长寿。

俗话说"贪睡有害"，与此同时，减少食物的分量和种类，这样患传染病的风险概率也会减少。有人认为与其浪费时间和精力去关注卡路里、维生素什么的，不如什么也不干，随意躺卧着更加明智②。正如世界上有"懒汉哲学"一样，不要忘记也有"懒汉养生法"。

据如今在大阪堪称一流的一位老检校③说，过去演唱京歌，声音响亮、吐字清楚反而被斥责为俗气。听他这么说来再细细一想，果然如

---

① 佃煮：一种甜煮海味，用盐、糖、酱油等烹煮鱼、贝、肉、蔬菜和海藻而成的日本传统食品，味道浓重，可较长时间存放，因源自佃岛地区而得名。

② 我猜想，按摩大概是东方人独有的保健方法吧。自己躺卧，使人操体，以达到运动的效果，这种手段，最是无耻。古人所谓的按摩、点灸之类，似乎讲求的是静处室内而促进血液循环。（作者原注）

③ 检校：日本盲人的最高级职位，原为平安时代、镰仓时代设置的负责寺院和庄园事务的半官半僧的官职。江户时代以后，盲人从事的职业多局限于音乐领域，成为检校必须精通三弦、古筝等。事实上，当代检校也多为饶有成就的音乐艺术家。

此，筝或三味线琴艺精良的检校中，声音洪亮且音色优美的人，在关西确实少见。当然，这并不意味着他们重视乐器演奏而忽视演唱，如静下心来细听，他们声音虽低，抑扬顿挫却细腻分明，情绪和余韵都能充分表达出来。然而，他们不像现今的歌唱家那样注意节制酒色、保护嗓子和保存声量，就是说他们始终是以心境为本，假使受到种种束缚而心情不悦并带到舞台上，就是唱出来也不会感到愉快。人到老年，声量减弱，声音枯涩乃是自然规律，因此他们不违背逆自然之理，只想随心所欲地演唱。实际上从他们自身角度来讲，唯于酒后陶然之时，乘兴拿起三味线唱上一曲才是最惬意的事，否则称不上什么兴致。由此说来，即使用观众听不清楚的微弱鼻音哼唱，他们也可尽尝艺术之妙，入三昧之境，说得极端些，他们即使不出声音、仅凭意想演唱，也已经足够了。

较之自娱更着眼于娱人的西洋声乐，在这一点上就显得有些死板、吃力和做作。听起来声量可羡，但观其嘴唇的动作，会觉得颇似一架发声的机器，拿腔作势而已，所以演唱者本人所寻味到的三昧之境的心情，可以说是不可能传达给听众的。不仅音乐，所有艺术都有这种倾向。

读者诸君切勿误解，我绝不是规劝大家怠惰。现今世上有很多人扬扬得意于被誉为"精力充沛""勤勉过人"又或者以此自吹自擂，不过我以为，偶尔想一想懒惰所蕴藏的美德——安静闲雅也没什么害处。老实说，我本人实际上并不是个懒汉，诸位友人可以证明，至少在朋辈之中我还算得上是勤勉之人。

恋爱及情色

早些年死去的英国幽默作家中，有个叫作杰罗姆·K.杰罗姆①的人。此人在他题为《小说笔记》的书中说，小说都是无聊的，古来诞生于世的小说多过海边沙子，不知有几千几百几十万册，不论读哪一本，情节都是老套子，条分缕析的话就是："某地有一个男人，还有一个爱他的女人。"——"Once upon a time, there lived a man and a woman who loved him." 归根到底不就是这么回事么？

　　后来，我还听佐藤春夫②说过，拉夫卡迪奥·海恩③在他的授课笔记中讲过这样的话："所谓小说，因自古都是描写男女恋爱关系的，使得一般人习惯这样认为，只有恋爱关系才能成为文学的题材。其实

---

① 杰罗姆·K. 杰罗姆（Jerome K Jerome，1859—1927）：英国作家，曾做过事务员、记者、演员和教师，著有《三人同舟》等。

② 佐藤春夫（1892—1964）：活跃于大正至昭和时期的日本诗人、小说家、评论家，以艳美清朗的诗歌和倦怠忧郁的小说知名，获得过日本文化勋章。

③ 拉夫卡迪奥·海恩（Lafcadio Hearn，1850—1904）：日本名小泉八云，原为出生于希腊的英国人，1890年赴日，后娶日本女子为妻并加入日本籍。曾在东京大学、早稻田大学教授英文和英国文学，著有《心》《怪谈》《灵的日本》等有关日本的故事、随笔集。

并非如此，没有恋爱，没有人性，也完全可以成为小说的题材，文学的领域应该更为广阔才对。"

综上可知，不论杰罗姆的讽刺也好，海恩的意见也好，在西方，没有恋爱的"文学"或"小说"是不可想象的，这似乎是事实。在很早以前，就已有政治小说、社会小说、侦探小说等，但这些多半被视为脱离纯文学范畴的"功利性"或"低级"的东西。

现在的情形稍有改观，带有功利性的作品，因时移世易不再被视为低级，但是有的作品虽说以阶级斗争或社会改革为题材，却都通过某种形式涉及恋爱问题，可以说，许多作品都瞄准这样一个主题，即由恋爱为机缘引起的种种冲突——是恋爱重要，还是阶级任务重要？

侦探小说也时常将恋爱归为犯罪的原因。而且如果将范围由"恋爱"扩大到"人性"，则西方自古以来所有的小说、所有的文学种类均离不开人性。虽然也有《雄猫穆尔的生活观》《黑骏马》和《野性的呼唤》①等以动物为主人公的小说，但大多属于寓言性作品，广义上来说，仍然不出"人性"的范围。除此之外，偶有以自然美为对象的——诗歌里尤其不乏这类作品，但仔细玩味便发现，总会在某个方面同人性交织在一起，极少有完全无关的。

走笔至此，忽然想起漱石先生著作中有一篇题为《英国诗人的天地山川观念》的论说文，立即在书架上搜寻起来，不巧没有找到。很遗憾，在这里无法征引先生的意见。总之，在英国人的艺术中，不是"恋爱"便是"人性"占据了这一领域的大部分，只要看看他们的文

---

① 分别为德国作家恩斯特·霍夫曼（Ernst Hoffmann, 1776—1822）创作的讽刺小说，英国女作家安娜·塞维尔（Anna Sewell, 1820—1878）创作的童话小说，美国作家杰克·伦敦（Jack London, 1876—1916）创作的动物小说。

学史和美术史，就很好理解了。

　　日本的茶道中，自古以来悬于茶席上方的挂轴，可以是字，可以是画，都无所谓，但以"恋爱"为主题的字画是绝对禁止的，这是因为"恋爱是违反茶道精神的"。

　　这种轻视恋爱的风习不仅限于日本的茶道，在整个东方也绝非罕有。我国自古也有许多小说和戏曲，其中不乏描写恋爱的作品，但将这些作品郑重地写进文学史，则是开始用西方式的视点观察事物以后的事，在没有"文学史"的时代，所谓软性文学动辄被视为文学之末流、妇孺的消遣游戏又或者士君子的业余爱好，作者避讳，读者也敬而远之。实际上，虽然杰出的戏剧家和小说家层见叠出，其作品也曾风靡一世，但反映到评跋上，仍然被视为品格低下之作，不足以成为堂堂男人耗尽终生为之奋斗的事业。中国自古以"济世经国"为文章之本色。占据中华文学主流王座的汉文学，或为经书，或为史书，再不然就是以修身治国平天下为目的的著述。我少年时代使用的汉文教科书是四书五经、《史记》和《文章轨范》[1]等，总之都与恋爱相距甚远。那个时代，好像只有这些东西才被承认是真正的文学、正统的文学。到了明治时代，坪内[2]先生的《小说神髓》出现了，沙翁与近

---

[1]《文章规范》：南宋谢枋得（1226—1289）编选的古文选评集，是南宋重要的评注选本，被誉为集合宋人评点学之大成。

[2] 坪内逍遥（1859—1935）：日本小说家、评论家、剧作家，曾任教于早稻田大学，从事莎士比亚戏剧的翻译和研究并致力于戏剧改良运动，发表于1885年的文论著作《小说神髓》对日本明治时期的文学产生了重大影响。

松①、莫泊桑与西鹤②的比较论也开始了，戏曲和小说才逐渐成为文学的主流，但这种观点实际上并非我们真正的传统。小说和戏曲是"创作"，史学、政治学、哲学不是创作，因其不是创作，故而也不是文学，这种观点假使换一种立场可以说是非常荒谬的。设想依我们的传统去看西方文学，或许只有像培根、麦考利、吉本、卡莱尔③等人的作品才算正统，莎翁的东西则应该悄悄收起来了。

　　按照西方人的想法，诗较之散文更加纯文学化。然而，即使是诗，东方的诗中恋爱元素也比较少，只要看最富有代表性的两大诗人——李、杜的诗就大体明白了。杜甫的诗时常咏叹离别之苦，寄寓流谪之悲，但对象大多是"友人"，很少是他的"妻子"，更没有一个"情人"。至于被称作"月和酒的诗人"的李白，对于"恋爱"的念想远远不及他对于月光和酒杯的热情的十分之一。森槐南④曾在《唐诗选评释》中举那首著名的《峨眉山月歌》为例：

---

① 近松右卫门（1653—1724）：日本江户中期净琉璃和歌舞伎脚本作者，代表作有《国姓爷合战》《曾根崎情死》《杀女油地狱》等。

② 井原西鹤（1642—1693）：日本江户前期浮世草子（世俗小说）作者、俳句诗人，代表作有《好色一代男》《好色一代女》《好色五人女》等。

③ 托马斯·麦考利（Thomas Macaulay，1800—1859）：英国历史学家、政治家，著有《自詹姆斯二世即位以来的英国史》（即《英国史》）；爱德华·吉本（Edward Gibbon，1737—1794）：英国历史学家，欧洲启蒙时代史学的卓越代表，著有《罗马帝国衰亡史》；托马斯·卡莱尔（Thomas Carlyle，1795—1881）：英国维多利亚时代的历史学家、评论家、作家，著有《法国革命》《论英雄》《过去与现在》。

④ 森槐南（1863—1911）：名公泰，字大来，日本汉诗人，历任图书寮编修官、式部官（日本宫内省中负责祭礼、仪式及接待的官吏）和东京大学讲师，著有《唐诗选评释》《古诗平仄论》等。

峨眉山月半轮秋，影入平羌江水流；

夜发清溪向三峡，思君不见下渝州。

"思君不见"，虽然表面上指月亮，但从"峨眉山月"这句话推测，似乎背后有个恋人存在。槐南翁这个解释的确是卓见，但李白即使像这样子偶尔吟咏一下恋爱，也是寄情思于月亮，极其模糊地暗示一下而已。这就是东方诗人的检束。

所以，作为西方人，拉夫卡迪奥·海恩这种"没有恋爱也能成为小说或文学"的观点或许很难得，但对于我们东方人而言，则并没有什么不可思议的。"恋爱也能成为优秀的文学"这一点，实际上是他们教给我们的。

经常听到这样一种说法：浮世绘之美是西方人发现并介绍给全世界的，在西方人引起轰动之前，我们日本人并不认识自己拥有此种值得骄傲之艺术的价值。不过仔细想想，这既不是我们的耻辱，也算不得西方人具有卓识。对于认识到我们的艺术的价值并将其广为宣传至全世界的西方人，我们自当深深表示感谢，但老实说，对于仅只将"恋爱"和"人性"才视为艺术的他们来说，浮世绘最易被他们所理解，他们也不会明白这种优秀艺术为何在日本同胞中没有受到相当的尊敬[1]。

诚然，德川时代浮世绘画师的社会地位，大致仅相当于通俗小说

---

[1] 同为西方人，但是向世界介绍奈良古美术以及发现芳崖和雅邦的费诺罗萨那样的人则当别论。（作者原注）

的作者和狂言①作者。恐怕当时有教养的士大夫，看到浮世绘或滑稽文学作品，总认为和看春宫画和淫秽小说相去不远吧？所以，他们不会将大雅堂②、竹田③、光琳④、宗达⑤等人和师宣⑥、歌麿⑦、春信⑧、广重⑨等人同等对待；在文学方面，也不会有人将白石⑩、徂徕⑪、山阳⑫

---

① 狂言：日本传统表演艺术之一，起源自其南北朝时代猿乐中的滑稽成分，后独立成为一种表演形式，以"科"（动作）和"白"（台词）为主要艺术手法，通过插科打诨和滑稽可笑的语言及内容反映世相。

② 池大雅（1723—1776）：名无名，号九霞山樵、霞樵、大雅堂等，日本江户中期文人画之集大成者，师从柳泽淇园学明清文人画，并受祇园南海影响，亦工书，作品有《亦帖》《楼阁山水图屏风》等。

③ 田能村竹田（1777—1835）：名孝宪，字君彝，江户后期文人画家，亦长于经学、诗文，作品有《亦复一乐帖》等，并著有画论《山中人饶舌》。

④ 尾形光琳（1658—1716）：江户中期画家，初学狩野画风，不久倾慕光悦、宗达的装饰画风，亦长于泥金画、染织等工艺，代表作有《红白梅图屏风》等。

⑤ 宗达（生卒年不详）：江户初期画家，屋号俵屋，作品有《（源氏物语）关屋·澪标图屏风》《风神雷神图屏风》等。

⑥ 菱川师宣（？—1694）：俗称吉兵卫，号友竹，江户前期浮世绘画家，长于肉笔画、版画，为版本制作插图，开拓了浮世绘新领域，作品有画本《美人绘尽》、版画《吉原人体》、肉笔画《回首美人图》《北楼及戏剧图卷》等。

⑦ 喜多川歌麿（1753—1806）：江户后期浮世绘画家，于美人画领域首创上半身形成技法，号称"大首绘"，开启了浮世绘的黄金时代。

⑧ 铃木春信（1725？—1770）：江户中期浮世绘画家，开创多色木版画技法，从而创造了锦绘。

⑨ 歌川广重（1797—1858）：号一立斋，江户末期浮世绘画家，长于风景版画，亦工花鸟画，作品有《东海道五十三次》《名所江户百景》等。

⑩ 新井白石（1657—1725）：字济美，江户中期儒学家、政治家，著有《新井白石日记》《西洋记闻》《古史通》《同文通考》等。

⑪ 荻生徂徕（1666—1728）：名双松，字茂卿，江户中期儒学家，初学朱子，后倡导古文辞学，著有《译文筌蹄》《政谈》等。

⑫ 赖山阳（1780—1832）：出生于大阪的日本江户后期思想家、历史学家、汉诗人，诗文书并秀。本名襄，字子成，号山阳，另号三十六峰外史，曾欲仿效司马迁《史记》写作日本版"史记"，后著成《日本外史》三十二卷，对幕末尊皇攘夷运动有重要影响。

诸氏与近松、西鹤、三马①、春水②之辈等而视之。正因为如此，《关八州系马》某些部分获得后水尾天皇③的青睐，《曾根崎情死》等描写男女私奔的文章受到徂徕的竭力称赞，这些逸闻轶事特别引起人们的惊异而传为佳话。马琴④在世之时，自视比其他通俗小说作者品格更高，世人也对他投以尊敬的目光，这只不过是因为他以劝善惩恶为宗旨，倡导人伦五常之道的缘故。由此可知，一般通俗小说作者的地位究竟如何了。

这样看来，我们的传统并非不承认以恋爱为主题的艺术——虽然内心早已被打动，暗自享受这类作品，这是事实——但表面上尽量装作一无所知的样子。这便是我们的慎微，不是某个人规定，而是社会性的礼仪。因此，对歌麿和丰国⑤推崇有加的西方人，不能不说是打破了我们这种默契于心的社会礼仪。

然而，也许有人反问："这么说，恋爱文学极其兴旺的平安朝怎样呢？我们的文学史不是也有过那样的时代吗？德川时代的通俗小

---

① 式亭三马（1776—1822）：本名菊地久德，别号游戏堂、洒落斋，江户后期通俗滑稽故事作家，作品有《浮世澡堂》《浮世理发馆》等。

② 为永春水（1790—1843）：本名鹈鹕贞高，号金龙山人、狂训亭主人，江户后期通俗作家，以写作《春色梅历》《春色辰巳园》声名鹊起，确立了"人情本"风格，因之获败坏风俗罪。

③ 后水尾天皇（1596—1680）：日本第一百〇八代天皇（1611—1629在位），退位后出家为僧。

④ 曲亭马琴（1767—1848）：本名泷泽兴邦，别号蓑笠鱼隐、著作堂主人，江户后期世俗作家，代表作有《南总里见八犬传》《俊宽僧都鸟物语》等。

⑤ 歌川丰国（1769—1825）：号一阳斋，江户后期浮世绘画家，歌川派初代，门人众多，对浮世绘的发展有重要影响。

说作者或许受到轻视，但业平①与和泉式部②等歌人又如何？《源氏物语》及后来众多恋爱小说的作者又如何？他们及他们的作品受到了什么样的待遇呢？"

关于《源氏》，自古有种种说法。不同于儒学家时时将其当作淫荡之作进行攻讦，国学家则似乎视其如《圣经》一般神圣，说什么"此书充满了最为道德的说教内容"，甚至有人牵强附会地硬把作者紫式部奉为"贞女的镜子"。然而，即便如此牵强附会——即表面上不否定此书是"淫荡之书"，也不将其拔高至"道德"和"说教"读物的话——则《源氏》的文学地位将不复存在，这种思维说明依然存在着某种"社会性规范"，存在着东方人特有的"维护体面"的思想。

容我再回到前面的问题上，对平安朝的恋爱文学进行一番审视吧。

古代有个官拜刑部卿、名叫敦兼③的公卿，是世上少有的丑男，然而他的妻子却是一位绝代佳人，她一直悲叹自己有个丑陋的丈夫。一次，她随夫到宫中观赏五节舞④，看到满朝文武官员衣饰华美，仪表堂堂，没有一个长得像自己丈夫那样丑陋。看看别的男人一个个神采奕奕，便讨厌起自己丈夫来，回家后便避开丈夫，不跟他说话，后来

---

① 在原业平（825—880）：日本平安前期歌人，"三十六歌仙"之一。

② 和泉式部（生卒年不详）：平安中期歌人，"三十六歌仙"之一，著有《和泉式部日记》《和泉式部集》。

③ 藤原敦兼（1079—？）：日本平安时代后期的贵族，官至刑部卿，其母藤原兼子曾是堀河天皇的乳母。

④ 五节舞：五节会的时候于殿上表演的乐舞。五节会指日本平安时代宫中的五大聚会，由天皇设宴款待群臣，后演变为欢宴聚会，尤以元日、白马会、踏歌会、端午、丰明五节会最为隆重。

竟窝在后屋不跟丈夫见面了。丈夫敦兼虽然心中诧异，但并不知道是什么原因。一日，他很晚从宫中退朝回家，看到门口既没有张灯，也不见侍女出迎，更没有人前来帮助宽衣卸装，无奈只得推开门廊的边门，独自闷闷不乐，一直待到更深夜阑，月光洒照，凉风袭侵，不由地愈加恼恨妻子的薄情。满腔怫郁萦纡在心头，他蓦地静下心来，取出筚篥①，作歌一首，反复吟唱道：

> 墙根生白菊，颜色无光艳?
> 我打门前过，花枯人亦变。

妻子本来躲在后屋，听到歌声，心中顿起怜爱之情，急忙出来迎接敦兼，从此夫妻感情变得非常亲密。

这个故事出自人人皆知的《古今著闻集·好色卷》，可能是镰仓时代或是王朝时代②末期的传说故事。不论如何，因为表现了当时京都贵族生活和平安时代的许多风俗习惯，所以将其视为平安时代具有代表性的恋爱情景也未尝不可。

不过，令我感到有意思的却是其中描写到的男女地位。正如《古今著闻集》的作者所说的"琴瑟调和尤可贵，全凭妻子温柔心"，它既没有谴责这位妻子的不贞不忠，也无意嘲弄敦兼的怯懦无能，而是作为一则夫妻美谈流传下来。这种情形在平安朝的公卿中似乎是理所当然的常识。

---

① 筚篥（bì lì）：吹管乐器的一种，历史悠久，多为木制，上开八孔。
② 王朝时代：在日本，倘若仅说"王朝时代"，一般是指平安时代（有时候也包括奈良时代在内），如"王朝文学""王朝物语"等。

明知丑男，从而嫁之，这个妻子有何理由疏远丈夫？丈夫对这个妻子又爱又恨，站在妻子房门外，以歌声倾诉哀怨之情。妻子听到后深受感动，重新接受了丈夫，因而被赞为"心地温柔"。这并不是西方的爱情剧，而是日本王朝时代的事情。说起来，敦兼既然"取出筚篥"且吹且歌，可见那个时代的公卿是随身携带这种乐器的。每次读《著闻集》这则故事，我就会想起"壶坂①"开幕的那个场面。盲人泽市独自一人，一边弹奏三味线，一边唱着民歌《菊花露》：

> 乌鸣钟声上心头，忆往事，无语泪先流。点点滴滴化流水，星河迢迢暗欲渡。谁曾料，鹊桥断绝，人世无情恨悠悠。勿思量，相逢又别离，此生不堪回首。唯羡庭中小菊名，朝朝暮暮，夜阑浥芳露。叹薄命，如今正似菊花露，怎耐得，秋风妒？

戏中的泽市只唱了歌的前半阕，也就是主调部分，而且同敦兼一样寄情于菊花，遂成奇缘。在古时候的大阪，一唱这首歌就注定要分手，所以不受欢迎。据说这出净琉璃为团平夫人所作，所以具有女性的温馨感。但泽市本为受人怜悯的残废之人，这与敦兼大不一样。何况，阿里和敦兼的妻子也有天壤之别。可以说，只有阿里那样的女人才称得上是"心地温柔"，这才真正是"夫妻美谈"。想来，从武门政治与教育得到普遍实施的后世看，敦兼的妻子失德且不说，而

---

① "壶坂"：世俗净琉璃戏目《壶坂灵验记》的通称，描写了盲人泽市与阿里坚贞的夫妻之爱，原作者不详，后由丰泽团平和妻子千贺子补写作曲。

像敦兼这样的丈夫，实在算不上一个男子汉，所以被斥责为"丢了男人的脸面"，这是不难想象的。大凡这种时候，假若是镰仓以后的武士，就会一怒之下同那女子斩断情缘，即使不能立断情缘也要立时冲进屋子，将她狠狠惩罚一番。女人也大多喜欢这样的男子，像敦兼那样扭扭怩怩，只令人感到厌恶。这是我们普遍的心理。德川时代，恋爱文学流行，这一点虽说和平安时代相反，但今天考察一下近松以后的戏曲，找不出一个像敦兼那样没骨气的男子。即使情形相似，也是滑稽的表现手法，恐怕不会作为美谈流传下来。人们常说，元禄时代世相淫靡怠惰，而实际上，当时的浪荡公子飞扬跋扈，打家劫舍，铤而走险，《博多小女郎》①的宗七和《杀女油地狱》②里的与兵卫不消说了，情死剧中出现的美少年也经常刀枪伤人，都不像王朝时代的公卿那样胆小如鼠。到了化政③之后的江户，就连女子也重豪侠，所以"男人必须有男子汉气"自不必说，提起江户戏剧中的好色之徒，就有很多是大口屋晓雨④式的侠客和片冈直次郎⑤式的不良少年。

平安文学中的男女关系，与其他朝代有几分不同。要说敦兼那样的男子没有骨气也真是没骨气，但是换句话说，这是一种女性崇拜精神，不是将女人看得比自己低下而加以爱抚，而是看得比自己崇高，甘心跪拜于她面前。西方男子时常梦想自己的恋人有圣母玛利亚的

①《博多小女郎》：净琉璃、歌舞伎戏目，近松右卫门著，描写京城商人小町屋宗七和博多柳町小女郎悲恋的故事。

②《杀女油地狱》：题材同上，描写油商家公子与兵卫无故杀死七左卫门妻子阿吉的故事。

③ 化政：指化政时代（1804—1830）。

④ 大口屋晓雨：又号晓翁，江户中期商人、侠客，豪游花街戏院，为歌舞伎《助六》的原型。

⑤ 片冈直次郎：歌舞伎戏目《天衣纷上野初花》中的主人公。

身姿，从而联想到"永恒的女性"的面影。东方从来都没有这样的思想。"依赖女性"是和"男子汉气"相对立的，大凡"女性"这一概念，总是处于同"崇高""悠久""严肃""清净"等对立的位置。而平安时代的贵族生活中，女人即使不是君临男人之上，至少也和男人同样自由，男人对女人的态度，不像后世那样是暴君式的，而是非常有礼貌与温情的，有时平安文学甚至将女人塑造成为世上最美好、最可贵的形象。例如，《竹取物语》中的辉夜姬，最后升天，这是后世之人不可能想象的。但是戏剧或净琉璃中出现的女子，我们从那一身装扮上不容易联想到升天的情形。小春和梅川①尽管温柔可爱，但到头来，她们也只是跪在男人膝边哭得死去活来的女人。

由《古今著闻集》想起，《今昔物语》本朝部第二十九卷，有一则故事叫"女盗秘话"，是日本极罕见的女人对男人施行性虐待的例子。作为宣扬性欲的Flagellation②，这可能是东方最早的珍贵文献之一。

　　……白天，和平时一样，没有一个人影。女人对男人说："好吧，到这边来。"于是把他带到一间屋子，用绳子将男人的头发扎起来，捆绑在柱子上，使脊背凸现，两腿弯曲。女人戴上帽子，穿上裙裤，又修饰打扮一番，然后拿来一根鞭子，照着男人的脊背猛抽八十鞭子。她问那男人："怎么样，痛么？"男人答："不，没什么。"女人说：

---

① 小春和梅川分别是净琉璃戏目《情死天网岛》《冥途信使》中的女主人公。
② Flagellation：通常指作为宗教惩罚的鞭打、鞭笞。

"果然有种。"随后将锅灶土溶进开水里，给男人喝。又喂他一碗好醋，扫干净地面，叫男人躺下。两小时过后，叫他起来，使身子恢复原样，然后端来可口的饭菜，对他加以细心照料。三天之后，鞭伤痊愈，又带他到原来地方，照例绑在柱子上，用鞭子抽打。每抽一鞭，则血肉横飞。接连抽了八十鞭子，女人又问："怎么样，受得住么？"男人面不改色答道："没啥了不起。"

这次，女人比先前更加钦佩，越发悉心照料。过四五天，再打一遍，同样回答："没什么。"这回再翻转身子，专打肚子。事后还是回答："不，没啥了不起。"于是，女人更是感佩不已……

后世的女贼、毒妇中残忍的不在少数，但这种嗜虐成性的女人，尤其是喜欢鞭笞男人的例子，即使在荒诞不经的通俗故事书里也很少见。

这些故事虽说稍稍有点极端，但不管前述的敦兼也好，这个女贼也好①，给人感觉平安朝的女子动辄对男人表现出一种优越感，男人对女人百依百顺。清少纳言经常在宫廷里出男人的洋相，这从她的《枕草子》里就能知道。阅读那时候的日记、物语、赠答和歌等作品，女人大多受到男人的尊重，有时候男人主动哀求她们，绝不像后世那样被男人任意蹂躏。

---

① 除此以外，《今昔物语》中还有许多关于女贼的记述，已故芥川龙之介的小说《偷盗》就是受《今昔物语》启发而以王朝时代女贼为主人公的作品。（作者原注）

《源氏物语》的主人公，因为有众多妇女作为妻妾，形式上看是将女性当作玩物，从制度上应当说是"女人是男人的私有物"，而从男人的主观上可以说是"尊敬女性"的，这两者未必矛盾——虽然是私有财产的一部分，但不妨碍其成为贵重物品。譬如自家佛坛上的佛像，固然属于自己所有，但人们照样对之顶礼膜拜，唯恐因怠惰而受惩罚。我在这里作为问题提出来的是：不是从经济组织或社会组织来看待妇女的地位，而是说在男人的印象中，总觉得女人"在自己之上"或认为女人"更加高尚"。光源氏对藤壶的憧憬之情，虽然没有明显表露出来，但可以推测大致与此种情形相近。

在西方的骑士道中，武人忠诚和崇拜的终极目的在于"女性"。他们被自己所尊敬的妇女赞美、崇仰、激励，从而获得勇气。"男人气概"是和"渴慕女人"一致的。到了现代，此种风习依旧，如汉密尔顿夫人和纳尔逊[1]，穆勒夫人[2]和她丈夫那种关系，可以说在东方是找不到类似的例子的。

在日本，为什么随着武家政治的兴起、武士道的确立而变得轻视和奴隶女性呢？为什么"善待女人"和"武士风格"格格不入而要被认为"流于懦弱"呢？这是一个有趣的问题，但探究起来话就长了，后文还会有机会谈到，在此姑且不论。总而言之，在国情如此的日本，高尚的恋爱文学不可能得到发展。故而，虽然西鹤和近松的作品

---

① 汉密尔顿夫人（Emma Hamilton，1761—1815）：曾有"英伦第一美女"之称，她与英国海军将领纳尔逊的爱情故事被改编成电影《汉密尔顿夫人》。
② 穆勒夫人（Harriet Taylor Mill，1807—1858）：英国哲学家与女权倡导者，英国哲学家、经济学家，约翰·穆勒（Jonh Stuart Mill，1806—1873）之妻，她对其夫影响很大。

在某些方面比起西方来绝不逊色，但老实说，德川时期的恋爱故事不论是如何天才的作品，毕竟属于小市民的文学，正因为如此，其"格调甚低"。这是当然的，作者轻视女人，贬低恋爱，又怎么能创作出风采高迈的恋爱文学呢？在西方，即使是但丁的《神曲》不也是产生于诗人对贝雅特丽齐的初恋之情么？此外，不论是歌德还是托尔斯泰，这些被推崇为一世师表的人，他们的作品即使描写失恋、通奸及自杀这些有悖于道德的情景，其格调之高也是我国元禄文学无法与之比肩的。

总之，西方文学给予我们的影响无疑是多方面的，我以为其中最大的影响实际上在于"恋爱的解放"——更深刻地说，是"性欲的解放"。明治中叶繁荣起来的砚友社①文学，依然带有很多德川时代戏作文学作家的气质，紧接着兴起的文学界和明星一派的运动，以及自然主义的流行，使我们完全忘掉了我们祖先轻视恋爱和性欲的审慎态度，舍弃了旧社会的礼仪。今天试将红叶②的作品和红叶以后的大作家漱石的作品两相比较，便可知道他们对女性的看法大不一样。漱石虽为屈指可数的英国文学学者，但绝非一个洋气十足的人，而是一位东方文人型作家。尽管如此，《三四郎》《虞美人草》里出现的女性及

---

① 砚友社：日本明治时期的文学社团，由当时还是东京大学预科学生的尾崎红叶、山田美妙、石桥思案、丸山九华于1885年成立的"文友会"改名而来。曾创刊日本最早的纯文学杂志《我乐多文库》，对日本文学确立起近代文体具有重要贡献。尾崎红叶死后该社解散。

② 尾崎红叶（1867—1903）：日本小说家、俳句诗人，明治文坛重镇，在近世文学与近代文学之间起了桥梁的作用，培养出泉镜花、德田秋声等著名作家，其代表作品有《伽罗枕》《金色夜叉》《多情多恨》等。

其描写方法，在红叶的作品中是很难找到的。此两家之差并非个人之异，而是时代之异。

文学既是时代的反映，同时又比时代先行一步，代表着时代前进的方向。《三四郎》和《虞美人草》中的女主人公并非以柔和、优雅为理想的旧日本女性的子孙，总使人感到有点像西方小说中的人物。尽管当时这种女性实际上并不多见，但社会迟早会祈望并梦想这种"觉醒女性"的出现。那时候，和我同时代出生并一样有志于文学的青年，多多少少都抱有这样的理想。

但是，理想和现实时常是不一致的。想将背负着古老传统的日本女性提升到西方女性的位置，需要在精神和肉体上进行将近几代人的修炼，绝非仅仅限于我们这一代。简单地说，首先需要具有西式的姿态美、表情美和步行的动作美。为了使女子获得精神上的优越，当然必须先从肉体做起。想想看，在西方，远的有希腊裸体美，而今天，欧美城市的街头依然矗立着神话中女神的雕像，随处可见，因而生长在这些国家和城市的妇女们拥有匀称而健康的肉体是理所当然的。为了使我们的女性真正具有和她们同样的美，我们也必须生活在同样的神话中，将她们的女神当作我们的女神加以崇拜，并将她们可上溯数千年的美术移植到我们国家。在此不妨坦白，青年时代的我就曾描画过这种荒唐的梦，并为这个美梦的难以实现而感到无比伤心。

我以为，正如精神有"崇高的精神"一样，肉体也应该有"崇高的肉体"。可惜日本女性有此种肉体者甚少，即使有，其保鲜期也非常短暂。据说西方妇女达到女性美之极致，平均年龄是三十一二岁即结婚后的数年间。在日本，约莫是十八九顶多至二十四五岁，并且须是未婚处女，才能见到令人折服的美人，多数姿色也是随着结婚就如幻影般消失了。偶尔听闻某氏的夫人、某演员或艺妓享有美人的盛誉，但大多也只是妇女杂志封面上的美人，倘若实际照面看到的话，便发现皮肤松弛，脸上现出长期使用香粉造成的黑斑或色素沉淀，眼睛周围浮着因家务繁累和房事过度而引起的倦乏之色。最明显的是，几乎没有一个人仍能保持处女时代雪团般饱满的胸部以及浑圆的腰部曲线。年轻时喜欢穿洋装的妇女，到了三十几岁，肩胛猛然瘦削下来，腰间则满是累赘，彻底走了形，洋装再也穿不出以前的样子——这即是一个有力的证明。于是，她们的美只能依赖合身得体的和服与化妆技巧勉强拼凑，虽也有一种弱不禁风的美，但这种美全然不会令人产生崇高感，真正的男子汉是不会跪拜在它面前的。

所以，西方可以有"圣洁的淫妇"或"淫荡的贞女"型的女性，而日本不可能有。日本女人一旦淫荡，也就同时失去了处女的健康与端丽，仪容姿态并衰尽残，变成一个与职业娼妇并无二致的下贱淫妇。

记得在一本书上读过，大概是德川家康吧，谈到妇女的修养时曾经说过：妻子不要老是躺在丈夫的被窝里，房事后应当尽快回到自己床上去，这是永葆丈夫之爱的秘诀。这真是充分领会了日本人凡事不喜过分的性格之人才能说出的教诲。像家康这样一位体力充沛、精力绝伦的人也作如是说，不能不令人觉得有些意外。

我曾经在《中央公论》杂志上介绍室町时代的小说《三个和

尚》，读过的人或许还有印象。其中有这样一节：足利尊氏[①]手下有个名叫糟屋的侍从，无意中看到某堂上人家[②]的女子，立即害了相思病——可见南北朝时代，武士身上仍然存留着王朝时代的优雅之风。不久，这件事情传入足利将军耳朵里。将军亲自为糟屋修书一封，命一个姓佐佐木的武士送到那位公卿家里。"……将军说这事不难，便亲自修书一封，差佐佐木送到二条殿……"原著中，糟屋自己将事情经过说了一遍，"……那边回信说，尺素已送达那位叫尾上的女子，但尾上姑娘不能到武士那里去，所以就请官人来这里吧。返信已经送到我屋里来了，将军之恩，小人永难报答。然而纵使能同尾上姑娘相会，也不过只是一夜之契，这世道还是无味得很，倒不如从此遁世而去吧。但又转念一想，要是人家说，那个糟屋恋上二条殿的女子，仗着将军为他筹策，可真等到要会面却又退缩了遁世而去，岂非一生的耻辱么？那就权作一夜之会，以后的事情暂不去思量……"糟屋将自己当时的心迹说得明明白白[③]。

---

① 足利尊氏（1305—1358）：室町幕府的第一代征夷大将军，在镰仓幕府灭亡后，反叛后醍醐天皇并攻入京都流放了天皇，因此历来尤其是明治时代以后，受到皇国史观影响，足利尊氏在日本被视为逆贼，直至二战以后才有部分历史学家对其作出了正面的评价。

② 堂上人家：堂上意为殿堂之上，堂上人即殿上人，获得登殿上朝资格的公卿。

③ 原文接着写道："思来想去，终于打定了主意，一天夜里草草准备一下，决定马上出发。当即邀集三个青年伙伴，由一人引路，摸黑来到二条殿御所。只见豪华的客厅里立着彩绘屏风，四五个年轻女子进进出出，个个长得如花似玉，美艳动人。开始时不知哪个是尾上姑娘，于是回忆一下，尾上姑娘的美丽容颜立即清晰起来。酒过二三巡之后，她们又献茶又燃香。不一会儿，尾上姑娘手里拿着自己饮罢的酒杯走来，紧紧依偎在我身旁，给我敬酒。我那时喜出望外，简直就像做梦一般。于是，一夕喁喁情话，绸缪之中，东方欲曙。晨鸟啼鸣，寺钟串响。两情于枕畔共结同心，愿永世相守。分别时，于霜风袭影之间，看她那一副花颜粉面、翠黛朱唇，直到现在仍历历在目。那姑

对一个下级武士来说，尽管对方是身份悬殊的公卿家女子，依旧一往情深地爱上她以至相思成疾，幸得主人好意相助，总算能够喜结良缘，真是欢天喜地，武士也为此称谢不止："将军隆恩，小人永难报答。"然而，他接下来却又思忖："纵使能同尾上姑娘相会，也不过只是一夜之契，这世道还是无味得很，倒不如从此遁世而去。"这完全是一种异常心理。倘若是平安时代的贵族则另当别论了，而他是足利将军的部下、驰骋疆场杀敌无数的乱世武士，竟也有如此感怀，更令人不能理解了。

记得西方有一句谚语，意思是"天空飞过一百只鸟，不如手中抓着一只鸟"。然而，本来只能远远瞻望的、高不可攀的岭上之花，意外地竟成自家之物——此种喜悦尚未付诸兑现，也即正沉浸于幸福的幻想之际，这位武士却突然感觉"这世道无味得很"，早早抱有遁世之志了。他接下来又转念一想："……等到要会面却又退缩了遁世而去，岂非一生的耻辱吗？"虽然有所转念，但对这到手的爱情，他并没有打算永远不撒手，从今以后尽享人间欢乐，而是怀着"权作一夜之会，以后的事情暂不去思量"的心情去和情人相会。想来，这种心理只有日本人才会有，西方人甚至中国人恐怕都不会有吧。

前面所述家康的告诫，有时并不适合于变态的恋爱以及突如其

娘走到廊缘，吟了一首歌：'偶遇情郎恣意欢，一朝轻别何时见？'我随口答道：'卿泪盈怀湿我衣，以此留作长相思。'此后，我常常到二条殿去，尾上姑娘也悄悄到我的宿舍来。"由此可见，自从初次相会之后，糟屋已经不是原来的想法，他们的关系继续维持了下来。结果，这位女子后来为盗贼所杀，武士也厌世出家了。整篇故事是一段清恬淡怀的爱情。（作者原注）

来的恋爱，但至少对过着正式婚姻生活的人是个非常有益的忠告。实际上，比起妻子，每个丈夫——只要他是日本人——都有更痛切的感受。我自己就记得曾有过数次，妻子不用说了，即使是和情人，完事之后总想分开独自待些时候，最短两三分钟，长则一个晚上、一周甚至一个月。回顾一下过去的恋爱生活，能有几个"对方"或那些"场合"不令人产生如此感觉呢？

这里或许有各种各样原因，不管怎么说，日本男人在这方面容易较快产生疲劳。因为疲劳来得快，作用于神经，便产生仿佛自己做了亏心事情的错觉，于是情绪低落，态度消极。也可能是传统的鄙夷恋爱与情色的思想在头脑中作怪，引起心情郁悒，反过来又影响生理。不管何种情形，我们在性生活方面确实属于那种欲念淡泊、不堪过度淫乐的人种。同横滨、神户等通商港口一带的妓女谈论起此事，这的确是事实。照她们的说法，比起外国人来，日本人那方面的欲念少之又少。

然而，我并不想将此一概归结于我们的体质虚弱。我们今后即使大兴体育（这里顺便说一下，西方人爱好体育，肯定与他们的性生活有密切关系。这同要吃好东西就得先空肚子是一样道理），拥有了和西方人同样强壮的身体，能否真的就能像他们一样酣畅淋漓仍是个疑问。对照过去的历史，鉴于当今国势，可以清楚地知道，我们在其他方面是相当活跃而富于精力的人种。我们的性欲之所以不能臻于极致，除了体力，更多的应该是受到气候、风土、饮食、住居条件等多种条件制约的缘故。

关于这一点我想起来，西方人在日本住时间长了，慢慢会感到头昏脑涨、浑身倦乏，整个人无精打采，以至影响工作。所以他们每四年休假一次，回国在故乡住上一年半载再来。没有那么悠闲的人，也要到日本国内与欧美气候相似的地方去。开发信州轻井泽那些疗养地可以说完全是出于这个原因。也就是说，跟欧美比，日本湿气太重。就连我们自己一到梅雨季节也会神经衰弱、手足无力，来自空气干燥、没有梅雨现象的国度的人，待在这种地方说不定一年到头都有这种入梅的感觉。当然，世界上还有湿气比日本更重的地方。我的一个朋友是公司职员，长期在印度孟买工作，有次回国的时候他说起来："哎呀，一年到头闷热得要命，身上老是黏糊糊的，实在难受死了。如果还派我去那里，我干脆辞职算了。"我问："不是可以经常回国吗？""四年回来一次，谁也受不了啊！到那个地方长期住住看，无论是谁都会变得头脑迟钝，浑身从骨头里往外腐烂，所以日本人和西方人都不愿意到那儿去。"后来他真的辞职了。如此想来，在日本工作的许多外国人，被派到这里来的感觉肯定就像日本人被派到孟买一样。

过于干燥的土地不知对健康有没有影响，但不单是性欲，假如吃了油腻的食物，喝了烈酒，尽享欢娱之后，呼吸一下清凉的空气，顿时可褪去两颊充血，抬头仰望一碧如洗的蓝天，肉体的疲劳也得以消除，头脑清醒过来。然而，湿气浓重的国家，雨水多，看到蓝天的机会就少。尤其日本是个岛国，除了远离海岸的高原地带，冬季空气也很潮湿。刮南风的日子，湿漉漉的海风吹来，脸上满是油汗，经常会头痛。我不是旅行家，无法说得很精确，但从全日本来看，要说相对雨水较少、气候温暖、土地干燥且交通也方便的地方，大概只有我现在居住的六甲山一带，以及沼津至静冈等沿海地区了。有段时期，医生建议身体虚弱的人搬到海边居住，于是，东京人去湘南地方，京都和大阪人到须磨、明石一带疗养。这一时成为时尚，直到现在还能看到从镰仓等地赶往东京上班的人群。不过根据依我的经验，海边的土地，冬季温暖倒是温暖，但许多时候刮着湿漉漉、黏糊糊的海风，衣服很快被浸湿，脑袋也立刻变得昏昏沉沉。一月、二月还好，到了三四月里，情形愈加糟糕。至于盛夏酷暑，镰仓一带的气温比东京还要高，真不明白何苦非到那种水质差、蚊子也多的地方去避暑呢？我这个人比一般人更易上火，曾经在鹄沼和小田原住过，那阵子很少有不头痛的时候。尤其在小田原，我患上严重的神经衰弱，体重一下子掉了许多。京阪的须磨、明石也一样。再往西面的中部地方去，雨水少了，满眼都是明丽的风物。不过不知什么道理，空气仍是黏糊糊的，一到樱花开放时节，天气便闷热起来，及至海上风平浪静的季节，手足变得绵软无力。自己没精打采不说，随便望望海面，看看绿叶，也都像刚刚绘就的油画一般，泛着刺眼的光亮，"汗流浃背"。

由此看来，日本这个国家的中枢地区大部分都是这种阴湿的气候，根本不适宜沉溺于极致的欢娱。在法国，即使是盛夏酷暑季节，汗水自然消失，皮肤绝不会感到潮腻。只有在这种地方，才可沉溺于不倦的性欲之中，尽享欢爱。待着不动照样头痛阵阵，体汗津津，这种状况下要舍命纵情玩上一把连想都不愿意去想。实际上，濑户内海地方，要是碰上夏天傍晚待在那里，喝一点啤酒就会浑身发黏，浴衣的领口和腋下油腻腻的，躺下后全身骨节松散，此时一点欲望都没有了，什么房事之类早就懒得想了。气候如此，再加上食物淡而无味，住所是开放式的，这些都大有影响。贝原益轩①建议白天行房事，就日

---

① 贝原益轩（1630—1714）：江户前期儒学家、教育家，著有《慎思录》《大疑录》《大和草本》《益轩十训》等。

本这样的风土而言，这是一种特别健康的方法。而且，眼望着晴天丽日，泡泡澡，散散步，心情不容易郁悒，疲乏也能尽快恢复。不过，普通老百姓家里没有密闭的房间，这办法似乎很难实行。

印度和中国南部等潮湿地方的人们，在这些方面本该比我们还要淡泊一些，然而并不是这样。他们和我们不同，一直吃肥腻的食物，住着开间合理、便于生活的房子，看来过着有滋有味的日子。但转念一想，历史上的古代中国王朝也多被北方民族征服。再看印度的现状，也许因此也耗费了他们过多的精力。地大物博之国的人民那样生活倒可以理解，但像日本人这样爱活动、爱急躁、不服输，又生活在这样的岛国，毕竟没法能学他们的样子。总之，不论善恶，我们刻苦自励，武人研武，农夫忙于耕作，一年四季，勤勤恳恳，方能立国。假若稍有懈怠，像平安时代的公卿那样过着安逸的生活，立即就会遭到邻近大国的侵略，落得和朝鲜、蒙古和安南①一样的命运。这种事情古今不变，况且，我们民族又有一副绝不服输的灵魂。可以说，我们今天身处东方，同时能班列于世界一等强国，其原因就在于我们不贪图过分享乐。

由于日本民族鄙视露骨地表现恋爱，并且对色欲十分淡泊，所以阅读我国的历史就可以看到，无声地发挥着作用的女性，一向没有明确的记载。我因职业关系，时常想写一部以过往人物为题材的历史小说，但一直苦恼的是，这个人物周围的女性活动不是很清楚。毫无疑

---

① 安南：越南的古称。

问，史上的英雄豪杰背后总有某种形式的恋爱事件，只有对这些方面不加忌讳地描写，才能体现出其人情味。那位太阁①送给淀君的情书实在是一份宝贵的资料，可惜保存下来的这类文字资料相当少。即使有，历史学家们也要花费不少时日才能收集起一两件。甚至，即便是历史上的著名人物，研究者在查考诸家系谱时也常发感叹，其有无正室不得而知，虽有母亲但不知其出身和姓名。事实上，日本自古的系谱图书，上自皇族，下至身份低下的普通人家，男子的行动记载比较详尽，至于女子，通常情形都是仅书"女子"或"女"，生卒年月和姓名都不写。也就是说，我们的历史上有着一个个男人，但没有一个个女人，正如系谱上标示的，她们永远都是一个"女子"——甚或"女"。

《源氏物语》有《末摘花》一卷，讲有个专为源氏物色情人的大辅命妇，她向源氏说起已故常陆宫的女儿："公主深居后宫，长相和性格都不清楚。她一个人过日子，跟谁都不来往，我也只是夜里隔着围墙同她说说话，她喜欢弹琴来诉说心声。"于是他们约定，在一个秋夜月亮初上时，源氏悄悄去那茅屋与避世隐居的公主相会。姑娘十分害羞，经命妇好言相劝，便不再拒绝："我只管默默听他说什么，不接他的话，那就隔着格子门见一面吧。"命妇觉得叫公子站在格子门外未免太失礼，遂安排他进入一间屋子，隔着隔扇相会。源氏看不见公主的面影，心想："果然如大辅命妇所说，来到近前发现这位公主确实文静，她那衣服散发着缕缕暗香，令我心旷神怡。"开始，无论

---

① 太阁：即丰臣秀吉（1537—1598），曾担任太阁大臣，独揽朝政。殿君，丰臣秀吉的侧室，名茶茶，因居于淀城而被称为"淀君"。

源氏在隔扇这边说什么，公主始终一言不发。

> 问卿卿不语，忍耐何多时？
> 倘不中卿意，明言当拒之。

源氏公子这么一嘀咕，隔扇里面一位侍女便代替姑娘搭话了：

> 夜半钟声起，相期一瞬间，
> 满怀儿女愁，当向何人言？

经过这一番对话，源氏推开隔扇进去，与公主结欢，然而屋子里一片黑暗，仍然看不见对方的容貌。源氏就这样很长时间摸黑前往幽会，却未见过公主一面。一个下雪的早晨，公子拉开屋门，一面欣赏庭院里的雪景一面道："出来看看这美妙的景象吧，不要老是把自己关起来不见人啊。"一旁的老年侍女们也一齐劝说："是啊，快点到外面看看吧。"公主这才梳妆打扮一番，很难得地来到屋外①。

《末摘花》卷中，到此时源氏公子才知道公主原来是个红鼻头，

---

① 原文为："好容易熬到天明，源氏公子亲手打开格子门，观赏院子里树木上的雪景。地面上没有人走的脚印。放眼望去，天地空阔，一片荒寒景象。公子甚感寂寥，心想：就这么回去，将那女子一人丢下，实在太可怜了。于是，他抱怨道：'出来看看这早晨美丽的雪景吧，就这么一直闷在屋子里，真叫人受不了啊。'周围虽说还没有大亮，但在雪光的映照下，源氏公子越发显得青春焕发，器宇轩昂。老侍女们都一个个笑逐颜开，也一起喊道：'快出来吧，可不能老待在屋子里呀，这样下去可不好啊。'那公主本不想露面，但又不好忤了众人的好意，只得梳妆打扮一番，走了出来。"（作者原注）

甚觉扫兴。这件事情显得很滑稽。然而，这种滑稽的事情之所以发生，说明不知对方容貌却照样交往结欢在当时是极为普遍的现象。首先，正如为源氏公子物色情人的大辅命妇所说："长相和性格都不太清楚……只是夜里隔着围墙同她说说话"，可见她也没见过公主的面，只是隔着屏风什么的说说话罢了；"欣赏一下她的琴声吧"，这也不过是随口说的。就是出于撮合才随口说的一句话，他就上钩了，而且没有看到对方的模样就持续交往，照现今的观念来看，这男人实在太好事了。倘若是重视个性的现代男子，一夜之欢的话倒还不得而知，但想来就是做梦也想不到，这样子也能够享受真正的爱情。不过正如前述，平安时代的贵族中，这等事情实在平常得很，女子就应该是名副其实的"深闺佳人"，幽居翠帐红阁深处；加之当时的住房里采光极差，白昼也昏黑幽暗，遑论灯烛隐微的夜晚，不难想象，即便同处一室四目相对，也不容易看分明。换句话说，在那黑暗深处，隔着屏风、帘子等重重篱障，在阴翳中悄无声息地过着日子，男人能够感受到的女子，不过是裙裾窸窣的些微音响、香炉上的一缕熏香，即便近距离接触，至多也就是沾一沾其滑腻的肌肤，抚一抚她流瀑般的长发而已。

这里插一段题外话。十多年前，我曾客居北平（当时叫北京），感觉那里的夜晚非常暗。最近听说那座城市铺上了市内电车，街道也变得明亮和热闹了，不过那个时候恰值世界大战，除了城外的花柳巷和戏园街等闹市区，日落之后真的是一片黢黑。大街上还透着几点光亮，拐进小巷子便立即暗如漆团，豆粒大的灯光也看不到。那些大户人家集聚的地方，都围着高高的院墙，像一座座小型城堡，厚重的木门关得严严实实，不留一丝缝隙，门内还竖着一道影壁，门上挂着两三道锁，因此既看不到家里一点灯影，也听不见半声人语，唯有森然可怖的高墙无声地矗立在废墟一般的黑暗中。我一开始若无其事地穿行于高墙之间曲折而狭窄的小巷子中，不管走到哪里都是浓黑和死寂，不一会儿便感到一种无名的恐怖，仿佛被什么东西追赶着，不由自主快步奔逃起来。

想来，现今的都市人不知道真正的夜是什么。不，即使不是都市人，由于如今的世界就连边鄙乡野的小镇也安装了铃兰街灯①，黑暗渐渐被逐出，人人都忘记了夜的黑暗这样东西。我当时走在北京的黑暗中，心想：这才是真正的夜啊，自己已将这夜的黑暗忘记了许久。接着，我回忆起幼少时代睡在街灯那摇曳灯影下的夜晚，那是多么凄凉、清冷、可怖和悲惨啊！于是，我感到一种莫名的伤怀。

至少出生于明治初期的人还会记得，那个时候东京夜晚的街道和北京一样。我还记得从茅场町自己家到蛎壳町的亲戚家，也就翻过铠桥、五六百米的距离，可我和弟弟一起常常是什么也顾不得想，气喘吁吁地一路跑去。当然那时候，即使是最繁华的街区，女人家夜里也不能一个人独行。十年前的北京和四十年前的东京是这般模样，在距今大约一千年前的京都，暗夜该是多么凝寂啊！想到这里，再联想到"魅黑的夜""夜的黑发"等词语，于是对那个年代缠附女性身上的某种幽婉和神秘感有了清晰的领悟。

从古到今，"女人"和"黑夜"总是形影相随。然而，不同于

---

① 铃兰街灯：模仿铃兰花造型的装饰街灯，中间为一盏主灯，四周有八盏小副灯。日本最早于大正十三年（1924）在京都寺町一带开始设置。

现代的夜用比太阳光更强的炫惑和光彩将女人裸体毫无保留地照射出来，古时候的夜是以神秘而暗黑的帐幕把本就闭门不出的女人再严严实实包裹起来。之所以会有渡边纲①戾桥逢女鬼、赖光②遭土蜘蛛妖精袭击这样的事情，须知那便是这等骇人的黑夜。古诗云："妾在岸边住，江波连江波。梦中欲见郎，无奈闲人多。""思念心中人，无须入夜梦。翻穿香绮襦，内里自风情。"还有其他古人关于黑夜的各种诗歌，只有想象这样一个语境才能切实体会这些诗的意境。看来，在古人的感受中，白昼和黑夜是截然不同的两个世界。确实，白昼的光明和夜晚的黑暗相差多么遥远啊！黎明到来，昨夜那个凄清、黑暗的世界立即消失于千里之外，青空晴和，日光辉耀，仰望白昼的光明，回想昨夜的情景，直令人感到夜是一种似有若无、不可思议的幻象，是方外异域之物。和泉式部有诗道："春夜曲肱梦千绪。"想起那短暂、缥缈的夜里的枕边私语，即便不是和泉式部，一定也会感到"梦千绪"的。

女人总是隐于终年漆黑黯然的夜的深处，昼间不露芳姿，只能在如"梦千绪"的世界中如幻象般一现倩影。她们像月光般青白，似虫声般幽微，如草叶上的露水般脆促。一言以蔽之，她们就是暗黑的自然界诞生的一种凄艳的魑魅。旧时男女作歌赠答，常常将爱情比作月亮或露水，绝非我们所以为的轻浅比喻。想想那一夜欢娱后的离别，男人踏着庭前草叶挥袂而去，露水湿襟袖的情形，便会油然有这样的感受：露水、月光、虫鸣、爱情，它们关系紧密，有时候甚至交融一

---

① 渡边纲（953—1025）：平安中期武将，源赖光麾下"四天王"之一，传说他跟随赖光于洛北市原野杀死鬼同丸和酒吞童子，又驱除罗生门之鬼。
② 源赖光（948—1021）：平安中期武将，以骁勇著称，传说他征发酒吞童子和土蜘蛛。

体。有人批评《源氏物语》之后的小说中出现的妇女千篇一律，缺少个性描写，然而古时候的男人既不是爱女人的个性，也不会为某个特定女人的容貌美和肉体美而动情。对他们而言，"女人"永远就是同一个"女人"，正像月亮总是同一轮月亮一样，黑暗中闻其声息，嗅其衣香，触其鬓发，亲其肌肤，但曙色初现，它们便都消逝得无影无踪——他们认为，这就是女人。

我曾经在小说《食蓼虫》里，借主人公的感想，记述了我对文乐座偶人剧的如下观感：

　　……我耐心而认真地观赏着，到最后眼睛里已经没有偶人师了，小春此时也不再是抱在文五郎[1]手上的仙女，而是端坐在榻榻米上的活生生的女子。尽管如此，她与俳优饰演的人物感觉仍不同，梅幸[2]和福助[3]的表演不管多么精湛，可还是会令人觉得"这是梅幸"或"这是福助"，而这个小春就是纯粹的小春。除了小春，她不是另外任何一个人。虽说她没有俳优饰演的人物那种表情，要说美中不足，固然有所不足。不过我以为，古代花街柳巷的女子或许就像戏中那样，从不流露出明显的喜怒哀乐。生活在元禄时代的小春，大概

---

① 吉田文五郎（1869—1962）：文乐剧偶人师，本名河村巳之助。

② 尾上梅幸（1870—1934）：歌舞伎演员，本名寺岛荣之助，九岁登台演出，三十六岁袭名成为第六代尾上梅幸，以饰演旦角闻名，曾担任日本俳优协会会长。

③ 指中村歌右卫门（1865—1940），本名中村荣次郎，歌舞伎俳优，第五代福助，以擅长扮演女角著称。

就应该是"偶人般的女子"吧？即便不是这样，但前来观赏净琉璃的人们心目中的小春形象，并非梅幸式的小春或者福助式的小春，而是这个偶人的形象。古时候人们理想中的美人，无疑是那种不轻易显现个性、谦恭拘检的女子，所以才用偶人这种形式来表演，倘若附加更多个性或许反而会影响人们欣赏。古时候的人们或许将小春、梅幸、三胜和阿俊都想象成同一副面孔，换句话说，唯有这种偶人式的小春才是留存于日本人传统中的"永恒女性"的形象……

这种情形不止限于偶人戏剧，欣赏画卷或浮世绘中的美人形象也会产生同样感受。由于时代和作者不同，美人的形象有些许变化，但那著名的《隆能源氏》[①]等画卷中的美女的面容，人人都一样，全都没有个人特色，以至让人觉得平安朝女子都长着同一副面孔。浮世绘也一样，俳优的肖像画姑且不说，仅就女子的面容来讲，虽然歌麿有歌麿擅画的面孔，春信有春信擅画的面孔，但同一位画家总是不断重复画着同一种面孔。成为他们笔下题材的女子有娼妇、艺妓、商女、宫女等各种类型，但不过是在同样的面孔上加上不同的服饰和发型罢了。我们可以从每位画家众多理想美女的面孔上，想象出普遍共通的典型"美人"形象。毋庸置疑，旧时的浮世绘巨匠们不是缺少鉴别模特个性的能力，也不是匮乏表现这种个性的技巧，恐怕在他们看来，抹杀那一丝个性反而会更美。他们相信，这便是绘画的功力所在。

---

① 《隆能源氏》：《〈源氏物语〉绘卷》之一种，产生于平安时代末期。

一般认为，所谓东方式的教育方针，同西方相反，大概就在于尽量抹杀人的个性。譬如文学艺术，我们的理想并不在于独创前人未臻的崭新的美，而是自己也能达到古代诗圣、歌圣已经达到的境界。文艺的极致——美这种东西，从古至今唯一不变，历代诗人和歌人都在反复吟咏同一种东西，务达登峰造极之境。有一首和歌便这样吟道："条条道路通山顶，共赏高峰同此月。"芭蕉①的境界与西行②的境界毫无二致。同样的，文体和形式虽因时代变迁而各异，但终极目标只有一个，就是"高峰之月"。较之文学，看看绘画，尤其南画③就更加容易明白。南画的高超之处在于，不论山水、竹石，各人技巧迥异，但从中感受到的一种神韵——或曰禅味、风韵、烟霞之气，总之，那种臻至悟道之境的崇高美感却是始终相同的，南画家们的终极目的仍然是追求这种神韵。南画家经常为自己作品题上"仿某某笔意"的附言，即表明自己别无他意，只为步前人的后尘而已。由此可知，古来中国绘画之所以多赝作，且多有巧于赝作之人，未必是有意骗人。对于这些人来说，或许并不在乎个人功名，而是以达到同古人一致为乐。其证据便是，虽为赝作，但无一不是刳精呕血的工笔佳作。为了实现神似，作者本人必须具备高超的技能和旺盛的创作热情，利欲熏心的人很难做到。着眼既是穷尽古人之美的境界，而不以张扬自我为

---

① 松尾芭蕉（1644—1690）：名宗房，芭蕉是其号，江户前期俳人，创作数量众多的俳句、俳文，被称为"蕉风俳谐"。有《俳谐七部集》，此外还有《嵯峨日记》《野曝纪行》《奥州小道》等多种。

② 西行（1118—1190）：平安末、镰仓初期歌僧，俗名佐藤义清，原为北面侍卫。长于写抒怀歌，《新古今和歌集》收录其作九十四首，另有歌集《山家集》等。

③ 南画：亦称南宗画，即中国文人画，江户中期传入日本，产生了池大雅、与谢芜村等一批优秀的南画家。

目的，作者是谁当然也就无所谓了。

孔子以复政于古之尧舜作为理想，时常宣扬"先王之道"。这种范古复古的倾向，恰是妨碍东方人进步发展的根源，但不论是坏是好，我们的祖先都保有这份心志，因而在伦理道德的修养方面，较之个人扬名于世，更以坚守先哲之道为第一要义。女人尤觉得应该抹杀自我个性，摈弃个人感情，无视自身优点，努力做一个"贞女"典范。

日语中有"娇姹①"一词，很难译成西方语言。前些时候由埃莉诺·格林发明的"it②"这个词是从美国传入的，但与"娇姹"的含义仍大相径庭，我们在电影中看到的克拉拉·鲍那样的丰腴女子即"it"的拥有者，却是与"娇姹"相去最远的女子。

过去，都说家中有公婆的媳妇反倒显得娇姹媚人，丈夫也很乐意父母同住。如今的新郎新妇，即便双亲健在也大都与他们分开住，或许无法体会这种心理。媳妇在公婆面前小心拘检，背地里与丈夫缠绵恩爱，寻求欲情的满足——矜持拘检的态度背后隐然可见这份情愫。许多男人从这副风情里感受到了一种无法言表的魅力。较之放纵与露骨的爱情，克制于内里的爱情是包也包不住的，不时无意识地流露于

---

① 原文为"色気"，意为风韵、妩媚、娇媚，用来形容女子的性魅力。考虑到本文中的语境，直译似不达意，故借用中国古典文学中的"娇姹"一词来表达。董解元《西厢记诸官调》卷五有"玉簪斜插，好娇姹"之句，其意境差可方比，亦即一种由内而外、含蓄的、不言而喻的妩媚。（译者注）

② 英国小说家埃莉诺·格林（Elinor Glyn）曾用"it girl"形容电影《它》（it）中的好莱坞明星克拉拉·鲍（Clara Bow），该女星是20世纪当红的美国好莱坞明星、性感偶像，是爵士乐时代摩登女性的代表。该片在日本上映后风靡全国，"it"一词遂成为流行语。后来人们用"it girl"形容极富性感、品位及性格的名人或明星。

言行之端，更能激惹男人心动。想来，所谓"娇姹"便是指爱情的这分含蓄吧。爱情的表露如果超出朦胧与含蓄，表现得过分张扬，就会被认为没有情致了。

娇姹本是下意识的，有人天生赋有，有人则生来不备。不懂娇姹的人即使努力想要酿出情致来，也只能落得极不自然、令人生厌的结局。有的人姿色姣好却娇姹缺失，相反，有的人面容丑陋，但声音、肤色、身段等却有一种不可思议的娇姹。西方女人若是一一观察，想必也存在这种差异，不过由于她们的化妆、爱情的表达方式极富技巧性和挑逗性，娇姹的效果反而常常被淹没了。天生娇姹的人自不必说，即使这方面有所欠缺的女子，倘若将心底的爱情——或者说欲情——尽量容隐起来，敛藏于内，其爱情反而会以一种更具情致的形式表现出来。从这一点来看，对女子进行儒教式或武士道式的教育，亦即培养"女大学①"式的贞女，反而最能培养出别有情致的女人。

东方女子虽然在姿态美、骨骼美方面逊于西洋女子，但皮肤美秀、肌理细匀却公认是远胜她们的。不只以我个人的肤浅体验来看如此，许多精晓此道的人也一致赞同这种说法，甚至西方人士中抱有同感的也大有人在。实际上我还想进一步阐发一下，在触觉的快感上（至少以我们日本人的感受而言），东方女子也优于西方女子。西方女子的肉体，无论色泽还是比例，远眺时甚觉妩媚动人，但上前近看却是肌理粗糙，汗毛蓬茸，转而令人扫兴。除此以外，看上去四肢修

---

① 女大学：日本江户时代中期以后普及的女子修身书籍，根据贝原益轩的《和俗童子训》精简而成。书名"大学"不是指高等教育机关的大学，而是四书五经之一的《大学》，意即女子修养之典常。进入明治时代，又有福泽谕吉编著的《新女大学》等出版发行。

长，似乎正是日本人所喜爱的那种紧实的胴体，实际上抓起她们的手脚一看，皮肉绵软，松松垮垮的，没有弹性，毫无丰腴、紧实之感。

换句话说，站在男人的立场上来讲，西洋女子适于远观而不适揽拥，而东方女子恰好相反。据我所知道的，若论皮肤滑嫩、肌理细腻，要数中国女人第一，日本女人也远比西洋人来得更细腻。虽然东方人的肤色算不上白皙，但有时候略带浅黄色的肤色反而更多了一分深幽和含蓄。毕竟这是自从《源氏物语》的那个远古时代一直到德川时代成就的习惯，日本男人从没有堂而皇之、清清楚楚饱览女人整个胴体的机会。他们只能于烛灯幽微的闺阁之内，欣赏和爱抚女人的一小部分胴体，由此自然而然地形成这样的审美意识。

克拉拉·鲍之流的"it"与"女大学"式的娇姹孰好孰坏，应任随个人喜好，不过我担心的是，像现今美国式的暴露狂时代，低俗的娱乐表演流行，女人的裸体变得毫无神秘感，所谓"it"岂不是渐渐丧失其魅力了吗？不论什么样的美人，也不可能裸露得比全裸更彻底。一旦大家对裸体变得疲钝无感，那么苦心孤诣的"it"到头来也终将无法激惹起人们的兴致了。

我眼中的大阪及大阪人

自银座出现道顿堀咖啡街，以大阪式经营手法招徕顾客，“鹤源”在法善寺小巷的后街口开业，大阪元素渐次形成风潮以来，东京人对上方①人便产生了隐隐一丝反感，却又追步难及。明治末世，至少在我的青少年时代，就像那出被称为“上方见物”的落语②戏目中描写的，东京人身上仍保持着江户人的自豪感。现今的东西松竹③社长白井、大谷两君买下歌舞伎座的股份④，将已故的田村长义氏排挤出去的

① 上方：原指京都、大阪等近畿地区（因明治时期前皇家御所位于京都故得名），现在多指京阪地区及其附近地区，有时也用作“关西”的同义语。

② 落语：日本大众曲艺形式之一，由“小咄”（小笑话）发展而成的日本独特的说话艺术，故事情节滑稽，表演轻松幽默。

③ 东西松竹：松竹座系从事戏剧演出、电影制作及发行的松竹兴行株式会社经营的剧场和影院的统称。1923年，松竹的前身关西松竹合名社成立并设立大阪松竹座，后陆续收购和新设京都明治座（改称京都松竹座）、神户松竹座、名古屋松竹座，形成连锁化经营，因上述剧场都位于关西地方，故称“西松竹”。1928年起松竹座向关东发展，于东京浅草和四谷设立的松竹座、新宿松竹座等合称“东松竹”。

④ 指1933年松竹兴行株式会社收购东京的新歌舞伎座株式会社，当时松竹会社的会长是白井松次郎，社长是大谷竹次郎。

那阵子，当时身处世纪末的老江户们比渔市场的那帮汉子更早地表示出强烈的反对，让松竹的扩张野心遭受了一次挫折。对此，我至今记忆犹新。然而时至今日，江户人的自豪感就不必说了，在东京连江户人本身也逐渐消亡了，简直令人无语，不过现今社会纯正的江户传统仍残余着几分，所以不能说是彻底绝迹。譬如，左团次①、菊五郎②几乎从不到上方的剧场来演出，即使来也仅限于京都、宝塚或神户一带，不会登上道顿堀的舞台，这说明了什么？此二人决非心胸狭窄之士，在东京的歌舞伎名优中也是最具有江户人气质和情趣的，所以我想，恐怕是关西地方的乡土气息和风俗人情有损他们的洁癖吧。他们二位是聚满人气的名家，自然不会明白无误地说出口来，但我根据自己的经验来推测，大致能够想象得到。

东西歌舞伎演员的交流在德川时代便已频繁进行了，但江户文人归化关西的有几个？还是完全没有？对此我不是十分清楚，不过，在我的亲友范围内，从此地移居东京的相当多，相反从东京搬来此地住的却屈指可数。最浅近的例子是，志贺君③年轻的时候家住京都的衣笠村，大约关东大地震前一年回到京都，住在栗田口，后来则众所周知

---

① 市川左团次（1842—1904）：歌舞伎名优，本名高桥荣三，十三岁时入第四代市川小团次门下学艺并成为其养子，以左团次的艺名在江户各剧场演出，明治时代跻身人气俳优之列，与第九代市川团十郎、第五代尾上菊五郎并称一时，合称"团菊左"。

② 尾上菊五郎（1844—1903）：歌舞伎名优，本名寺岛清，市村座的演出老板，日本明治剧坛代表人物之一。曾制订和创演《新古演剧十种》，并积极摄取当代现实题材进行创作和表演。

③ 志贺直哉（1883—1971）：活跃于明治至昭和时期的小说家，白桦派的代表作家之一，代表作有《暗夜行路》等，1949年与作者谷崎润一郎共同获日本政府颁发的文化勋章。

在奈良购置了新邸①；还有，楠山正雄君搬至南山禅畔，已故小山内薰君则搬到了六甲苦乐园和大阪天王寺旁，但都住不长久。特别是震灾之后，我身边的好友们一时间好像纷纷搬到京阪附近，寻求一个安住之地，但仅仅是暂时的避难，关东的余震至今仍未歇止，不知什么时候就已走了一个，走了两个，陆陆续续又都搬离了。如今依旧守在这里的关东人，只剩志贺君与我二人了。即使是志贺君也曾说："上了年纪，还是会思念东京啊。"想起他以前说的话，心里便甚觉黯寂。

我的好友们渐次舍弃关西之地，主要一个原因应该是不去东京便无法专务于作家生活，而非昔日江户人的那种反感在作怪。不过，出生于关东的人移居到此地，从一开始至气质与本地人完全融合的五年或十年间，却不得不克服类似"感觉不舒服"这样程度的不快，直到今天也是无法否认的事实。就像我自己，直到现在我仍无法忘记，四五年前我向《文艺春秋》投了一篇题为《阪神见闻录》的稿子，露骨地讲述自己对大阪人的反感，为此招致本地人的憎恶。不过以我来说，值得庆幸的是，此地的气候和食物等从一开始就较东京更契合我的体质和口味。我叔父及亲戚当中有人属于顽固的江户人，偶尔来此地游玩，却对白肉鱼难以下箸，感觉汤汤水水炖煮的菜寡淡无味，酱油又觉得太咸，而我在味觉这方面则是天生就更能接受关西的②。到今

---

① 此外，还有茨城县的菊池幽芳氏和青森县的佐藤红绿氏二位前辈很早起便一直居住在大阪。（作者原注）

② 说到食物，原材料及料理方法基本上关西更胜一筹，这是毋庸置疑的，不过用于刺身或腌渍食品的生抽酱油则不及关东。"龟甲万"和"山字牌"等向来有定评的品牌虽也已打入关西，但是与在东京买到的似乎品质略有不同，至于滩产清酒到了东京市场口味变糟则恰好是相反现象。（作者原注）

天，我对"人精子^①本性"非但已感觉不到任何不悦，甚至还觉得很亲切。说老实话，我一家子搬来此地那会儿，是不折不扣的逃难者，本来只打算临时栖身的，等到东京灾后复兴便搬离，但不知为什么却在这片土地上生根了。去年冬天，我卖掉了六甲山麓的冈本山庄，成为租房居住之身，但我仍然没有想到搬离上方，可能的话还想永久居于此地，甚至将父母的遗骨分葬两处，携一半来安放在这里的寺庙中。像我这样纯正的东京人与这片土地竟结下如此难分难解的关系，不得不说是一种不可思议的因缘。与此同时，对于关西的风土人情，不论其好或坏，我对它的是感情一日甚于一日，越来越深，也是极其自然的。我想申明的是，在此基于从大正十二年^②以来前后十年的观察，我对上方文化所做的批评不再是当初写《阪神见闻录》时所持的挖苦讽刺，而是出自我将京阪大地当作第二故乡的真挚感情。想必不论到何时，我生就的东京人气质是不会失去的，因此，我的观察终究摆脱不了以一个"从东京移居至此者"的视角来展开，即使仍免不了对京阪人的缺点说上几句辛辣之语，但这也是对长年蒙受关心照顾的这片土地上的人们的苦口婆心的忠告，敬请关西的诸位读者做好这样的心理准备往下读。

历来东京人对上方人的反感中，尤以对大阪人的反感最为强烈。

---

① 人精子：从前江户人对京都人、关西人的谑称。

② 具体来说，我是大正十二年九月二十日前后携全家自品川乘坐"上海九"来到神户，在芦屋的友人家暂住了一阵，十月上旬搬到等持院附近，随后又借住于东山三条的要法寺内，因实在无法忍受京洛之地的寒冷，当年的除夕前夕匆匆移居至苦乐园，翌十三年三月总算在冈本安顿下来。其后又数次变换居住地，但始终没有离开过阪神一带。（作者原注）

厌嫌上方人的左团次、菊五郎便是，虽然也会来京都，但是不会轻易到大阪中心来。对京阪风情懵然不知的东京人偶尔到此地来旅游，有时会想来京都住上一阵子，但对大阪的感觉却是俗不可耐。这也是理所当然的。虽然自古以来连在一起合称"京大阪"，但正如俗语中"京都是大阪的妾"所说那样，事实上真正能够与东京相颉颃的，除了大阪还没有其他都市具备如此实力，因此不管从哪方面说，大阪对东京而言就像眼中钉一样。京都则是古来的王城之地、日本古典文化的渊薮，由于这层关系，任是再骄慢的江户人对其也心怀几分尊敬和亲切。此外，京都人的性格略显消极，旅游者走马观花的话，不容易注意到他们的缺点和令人讨厌的地方。而大阪自古以来就是商侩和匠人之都，风习便是动辄用钱来说话，民众的性格也甚为活跃、进取，但另一方面也比较张扬、露骨，这些缺点非常明显地映现在别人的眼中。所以，像东京人那样性格淡泊的人，在梅田站一下电车立即就会感觉被一股人精子的臭气所袭，一下子便受不了了。

　　但全部归结为性格的差异则不免流于诡辩，无法将事情解释清楚。想要了解大阪式令人不快的地方，我以为最便捷的方式就是看看宝塚少女歌剧的女演员们的艺名。在那些明星的艺名中，有天津乙女、红千鹤、草笛美子等等。这些名字可以看出大阪人的癖好，也正是东京人看大阪人总感觉缺少清雅气质的地方。东京的女演员中没有一个人会取这样俗气的艺名——宛似源氏名①、千代纸②、有职纹样③又

① 源氏名：即花名，旧时艺妓、服务行业的女招待或从事风俗业的女子所使用的名字。
② 千代纸：日本一种用木版印出各种彩色纹样的色纸。
③ 有职纹样：日本平安时代至近世，按朝廷规定依不同门第、官品而绣于官服上或装饰在器具上的花纹。

58

或者很久以前的新体诗①一样，花里胡哨，秀而不实。不管怎样有名的女明星，在东京若是取这样的艺名，人气准定跌去几成。我刚刚搬来此地的时候，听见中学生和年轻的宝塚爱好者们对这样的名字称赞不已，感觉实在是妙不可言，心想：这样肉麻的名字挂在嘴上，居然丝毫也不觉得难为情。

我上面提及的只是针对艺名的批评，当然不涉及取这样名字的诸位女明星本人，不过宝塚的少女歌剧团恰似将这些艺名的俗气拿出来到处夸示一样，这却是不争的事实。自从上演了《我的巴黎》②等戏目之后，宝塚的形象渐渐变得娴雅起来，老实说像我这样的人也只要有新的戏目上演便会前往观赏，但我仍期望她们能再加把劲儿，淬磨得更加洗练和高雅，尤其是近来时不时去东京演出，就更有这个必要了。我不知道跟东京那边比如何，但与大阪的松竹乐剧部相比较，宝塚美人多，阵容也强，艺术水准远在其上，服装及舞台布置等也肯花更多钱，可谓绚烂夺目。然而要说矫揉造作，宝塚也愈加突出：原本的男角色也改由女演员饰演，实在是很没道理，怎么看都像是一群演员在排练，抑或像三崎座③的演出。偏巧关西女人的声音又非常尖厉，碰到台词特别多的戏目，尖厉到走样的声音直钻入耳，听着真是难受得很。即使演出的是《我的巴黎》《美丽

---

① "宝塚"之名据说来自《百人一首》中的诗句。如此看来，除此以外宝塚剧团的女演员中或许还有很多矫揉造作的艺名，好像还有一个叫什么"大空裕美"的（？）。（作者原注）

② 原文为法文"Mon Paris"。

③ 三崎座：位于东京神田三崎町的剧场，以演出全部由女子饰演的歌舞伎等传统戏曲著称。

姑娘》①这样的戏目，小花脸出来热场的时候，愈是演技超绝者愈是浮喧。何况女演员们虽说被称为"少女"，但年龄都不小了，就更加给人以三崎座的感受。若是东京的观众，一定会感觉快要冒冷汗了，而大阪人却丝毫不觉得惭惶。

没有观赏过原作的我自然不好拿听说的东西来说事，不过据说其创作源起于对时局的讽刺，因此理应糅入几分辛辣味。还处于摇篮时代的观音剧场或日本馆演出的轻歌剧很粗野、幼稚、惨不忍睹，不过毕竟还有些许这样令人感觉痛快的地方，且全无半点有职纹样和三崎座式的矫揉造作。宝塚里也有岸田君那样的传统江户人，无须我指出也应该早就注意到这类缺点了。听说今年春天将上演男女共演的新戏目，那样的话，先前的缺点一定会得到矫治的。无论如何，为了我所热爱的宝塚，那种慵懒、故作高雅的毛病请务必将它矫治掉。

将批评的矛头全都对准宝塚真是有点不好意思，走笔至此，还请容我再写几句。

宝塚歌剧部将在绚烂豪华的舞台上演出的女演员们视若歌剧学校的女学员，而绝不称之为"女演员"，不管是明星还是三流配角，全都一视同仁，都是女学员。乘坐阪急电车，经常可以在站台邂逅二三人或四五成群、装束异样的妇女们，住在沿线的居民都知道，如今已经成为阪急电车沿线风情之一。她们上身穿着平纹粗绸衣裳，下身配以茶青色的裙裤，那裙裤似乎短了两三寸，露出裙边至脚踝的一段。白色的短布袜，大多趿拉着木屐（偶尔也有穿草鞋的，但穿鞋子的一

---

① 原文为西班牙文"Señorita"。

人也没有），两股辫子或者束发，年轻的年龄大约在十六七岁上下，年长的则将近三十岁的样子，你无法辨识出她们究竟是女工、女学生还是富家小姐。这是歌剧部学员外出时的制服。看着这身土气的装束，实在想象不出在它下面掩隐着匀称的四肢、胴体和优美的曲线。尽管如此，这还没有将大阪的特色浓重地展现出来。我猜想，宝塚是希望尽可能将她们培养成少女歌剧的学员那样既可爱又文雅，故此有意将她们装扮得土气。事实上，由于这身质朴的装束，她们没有必要在衣裳和饰物上攀比，加之待遇也相对较好，无疑其品行比其他剧团的演员更加端正。在东京倘使穿上这身一点也不俏皮可爱的装束，首先会影响人气，其次若是个有点任性的明星，肯定会忍受不了。这件事情突出地显现了上方妇女纯朴、老实、文静的性格。本来，她们在舞台上是舞者或歌者，完全可以穿着得更加漂亮、时尚，但她们却止步于舞台上的装束和姿态所包裹的那种感觉，这身毫无摩登感、煞风景的制服，对于她们反而倒显得非常契合。

写到这里，我忽然想起一件事情。穿着茶青色裙裤的她们的面孔，大多跟偶人女官十分相像。由于人数众多，其中像克拉拉·鲍那样活泼的圆脸也不是没有，但说起来，颧骨高突、长脸盘、国贞[①]笔下所描绘的不谙世事的公主模样的占大多数。归根结底，在上方地方至今仍旧推崇绘画作品中的古典美人，此事便是明证。看看关西女子运动员中被誉为"第一美人"的网球选手A小姐的面孔就更加一目了然。我与A小姐有过一面之识，确实是位美女，其公主般的性情与

①　歌川国贞（1786—1865）：即后来的第三代歌川丰国，江户时代的浮世绘画师，代表作有《江户名所百人美女》《东海道五十三次》等。

其境遇相似。在新旧社会，从时髦穿越至古风，总的来说最多的便是像她那样的美人，即使面孔不属于那种类型，也要装扮得像那样子。因此，包括宝塚学员在内的女演员们，每每登台的时候会特别用心化妆，鼻梁涂上特别扎眼的白粉，脸庞上也抹少许，看上去脸型更显得尖长。若戏目是日本故事倒还不打紧，但演出西洋故事的戏目时也是这般妆容，便成了法兰西偶人的胴体安上日本女官的头颅。我欣赏住野小枝子，就是因为她除了体态妍美，脸庞轮廓也很有特色。可偏偏小枝子也喜欢将鼻梁上涂抹得浓浓的，对此我极不苟同。上方地方也有天生脸型圆润的美人，长着这类脸型的人不妨抛开顾忌，将自己的个性美充分发挥出来。

　　按照友人长野草风氏的说法，漫步在京都街头，不时能遇见跟旧时绘画作品中的庶民百姓脸庞极为相似的面孔，这可以说明那时的绘画是多么忠于现实的写实作品。即使不是草风氏那样的画家，普通人只要稍加注意地观察都会发现这个事实。东京人和京都人，单个挑出来看，似乎并没有特别明显的差别，但是踏上关西的土地，放眼一望熙来攘往的市民的风貌，许多在东京看不到的面孔就会映入眼帘。假使脱下他们的外套、披风或西服，让男人穿戴上黑漆帽①、布衣②、直垂③，女人戴上茅编斗笠，或者头发扎成垂髻，宛似伴大纳言④或一遍上

————————

① 黑漆帽：古代日本成年男子戴的一种礼帽。

② 布衣：日本古代文武官服之一，因源于民间狩猎时穿的衣服故又称为狩衣，近世成为武士的礼服。

③ 直垂：一种对襟有袖扎的衣服，镰仓时代之后成为通行的武士便服和礼服。

④ 伴大纳言：此处当指《伴大纳言绘卷》，日本国宝、四大绘卷之一，相传为常盘光长所作，描绘应天门之变中伴大纳言（伴善男）之营谋。

人绘卷^①中的街头光景再现，其风貌则更能传达出数百年前的痕影。较之京都，大阪虽没有这样古老，但若将前者比作能面，后者至少也有文乐戏中的偶人那样陈旧。如果说京都人的脸上留存着王朝乃至镰仓时代的气息，则大阪人的脸能令人感受到一种庆长、元和或元禄年代的近代以前的味道。

不知道是否由于这个原因，大阪妇女穿的西式洋服总缺少那么点时髦感。近来走在心斋桥或梅田一带，有时会发现穿着和配饰皆属无懈可击、非常漂亮得体的摩登女性，不过她们大多数似乎是来自东京的旅游者。说到关西地区最为时尚的区域，当数阪急电车沿线的凤川至御影一带，居住在那一带的少妇和小姐们对洋装具有很强的鉴赏眼力，审美观走在时代前沿，金钱方面任何时候都不会拮据，所以无论穿用毛皮、提包、夹包等照理都不会马虎出错，可就是说不出什么地方欠缺那么点洗练的感觉。这样说，并非因为她们很土气或者看着不上档次，不管怎么说，她们的穿戴品质极佳，这是毋庸置疑的。换句话说，与前面所述宝塚女学员们的问题同出一辙，总是摆脱不掉一丝矫揉造作，结果弄得仿佛公主穿上了一袭洋服而已。即使是和服，在色彩搭配上也是关西比关东来得更加鲜艳，阪神沿线的暖国风景——碧蓝天空、翠绿松林、反射着阳光的白土，与鲜艳的衣裳色彩十分协调这倒是事实，但将其原封不动地移植到薄而柔软的绉绸女装^②上，

---

① 一遍上人绘卷：指《一遍上人绘传》，日本国宝，画僧丹伊作，共十二卷，描绘时宗开宗始祖一遍上人的修行之路。

② 西洋女性借鉴友禅花纹倒没什么大碍，对她们来说无非是异国情调。但日本女性尤其是关西女性，将和服的意趣原封不动地搬到洋服上就毫无意义了，那种在晚礼服上再套上对襟中式织锦外套或号衣式花纹上装又或黑色绉绸的和服正装，是只有西洋人才会那样穿法的。（作者原注）

就很值得斟酌了。或许她们自身并不想这样，只是身处地方的气候风土使她们无意识成为这般模样。反正，以我的感觉来说，阪神一带妇女身穿洋服时总带有一股染着友禅[①]纹样的长袖和服的情调。灿亮、华美是无与类比了，然而过于纤弱、过于华美，毕竟不是和服的绉绸衬衣，将洋服的内在精神忽略了。看看神户一带的混血儿女白领，虽说不过是质地素朴的藏青色哔叽，却真正穿出了洋服的格调。

这不仅由于色彩搭配，毫无疑问，人的体型及动作等都大有关系。关西地区的民风自古以来甚是豪犷，女子也以动作劲捷泼辣为美，其性格与现今社会的摩登女郎比较接近，举止行为和表情等很容易往不良方向发展，而与此相反，关西的民众即使换上不同的服装，体态和举止难道不仍保留着数百年来形成的端庄文静的习惯吗。在我幼小年代，东京的工商地区还绝对看不到妇女洋服之类，那时年轻女性到了夏天便将袖子挽至胳膊，像我的母亲甚至将浴衣的袖子搭在肩头，手里摇着团扇。因为正值芳华之年，就像浮世绘版画中二三十岁的婀娜女子，想必也有夸示其丰满白皙的胳膊的意思，这与现代女性夏天穿着无袖连衣裙，向人炫耀健壮的胳膊毫无二致。这种飒爽英姿的风尚大概是从烟花巷的艺妓中流传开来，正经商户人家的女子也渐次仿效起来，但在京都大阪地方，不要说中产人家的少奶奶、小姐不会，即使艺妓也没人会做出这样不成体统的举动。所以说，即使女子从学生时代便长在穿洋服的环境，由于身处家庭母亲或姐姐们的言谈举止、潜移默化的熏陶下，穿起洋服来这种熏陶依旧会下意识地显现

① 友禅：友禅印花，一种染色花纹的样式及其技法，由京都人宫崎友禅首创，在丝绸等纺织品上面用写实手法染出色彩绚丽的山水、花鸟等图案。

出来。本来，年轻女性穿洋服，务必应使遮于衣服下面的丰艳肉体撑起来，看上去有一种被衣服包裹的"馅料"快然欲出的观感才好。近年来流行的"it"这个词所对应即为此意，可惜关西的上流妇女完全没有这种感觉。腿和脚踝部分不能说不漂亮，几乎看不到萝卜似的大粗腿，但腰部至臀部的线条就感觉过于纤细、薄弱，跨步时腰部关节摇摇晃晃，上身耸动，胸脯则向前游离抛出。倘若从身后观察西方女性的走路姿势，可以看到左右两块臀肉明显地交互扭动，宽大的骨盆有力地架撑着结实的胴体，而臀部位置只看到裙子舞动，几乎没有肉沓沓的感觉。这可能是关西妇女体格相对娇小的缘故，但她们小碎步的走路方式也是一个原因。她们昨日可能穿金线绉绸的会客和服①、配毡屦，今天又穿法兰绒的晚礼服，蹬着高跟舞蹈鞋，每天都会变换装束，用心打扮。穿和服时的步态也与穿洋服时的也有所不同，但脚后跟还是会划一道婀娜的曲线，走出外八字步子，造成微妙的停顿，一派日本腔调。总之，她们穿洋服的身姿哪儿都漂亮，雍容华贵，可就是令人觉得浓艳、纤弱、弱不禁风，稍稍轻触即跌倒在地似的。

然而另一方面，女学生穿起洋服时无章法、邋遢的样子又令人诧异不已。我不知道近年东京女学生的时尚，但仅清一色的藏青色制服，东京的女学生就给人一种洗练、俏皮的感觉，而大阪的女学生，除了两三所特殊的女子学校，看上去基本与农村少女没有什么区别。她们穿洋服，似乎跟大杂院里的主妇穿布拉吉同样概念，只是图个便利和实用，至于女性的仪态等全然不予考虑。学生时代自然无必要讲

①会客和服：日本一种适于社交场合穿着的女式长和服，规格低于带黑纹的正式和服。

究穿着打扮，不过可以尽量注意整洁得体些，譬如袜子不要穿成皱皱巴巴地堆在一起吧？至少要熨烫或用刷子刷去落灰，我觉得学校的教育者有必要教给她们，好使她们今后成为新时代的女性。少女时代那样子，毕业之后忽然要穿起规规矩矩的洋服，也确实有些为难人。

大阪人与东京人的性情差异，我感受最强烈的在于其说话声音。较之语词，声音的差异更清晰地显现出了东西的差异。随着将来往来交流愈加频繁，上方方言与东京方言的区别或许会渐次消除，而从喉咙发出的声音差异，恐怕与两地的地质、空气以及温度等都有关系，因此我想是不会轻易消弭的。

在关西久住的我，偶尔去趟东京，首先令我发出感慨"啊，这儿是东京呐"的，是东京人那干枯了似的沙沙说话声。我自己说话可能也是这种东京腔，但毕竟长居于此地，耳朵听惯了大阪人说话，听东京人说话，总有一种宛似当地享有盛名的干风①的感受，沙沙的，毛糙的，很是煞风景。男人那样说话也算是口齿清晰，别有一种味道，女性发出那样的声音，感觉语气非常悍戾，令人联想到声音的主人也是个肌肤粗糙、性情强悍的人。

东京的演艺界人士中，菊五郎的才艺（除了舞蹈）是最不被京阪人接受的。难以接受的原因主要在于他纯正的江户腔发声法。在东京人气并不高的宗十郎，到了上方地区情形却相反，恐怕也是因为其发声。他那种黏性、口齿略含混的声音被东京人厌嫌，但上方人肯定

---

① 干风：越过山岳吹来的不伴有雨雪的寒冷干燥的强风。此处指关东地区群马县冬季常见的西北风（称为"赤城落山风"）。

不觉得有什么不舒服。幸四郎、吉右卫门、猿之助等人也是东京人[①]，但发声带点夸张，各有特色。左团次的声线甚宽，音色粗犷，这也是其特色所在，唯独菊五郎在市井戏中的念白声音，完全是老江户人日常生活中使用的声音，听上去就感觉毫无色彩，使人难以接受。羽左卫门的声音虽然同样粗糙生硬，但不至于像菊五郎那样难接受。菊五郎的声音听上去似乎缺少了点技巧，但实际上，他的声音中凝集了非凡的技巧，一般人是无法企及的，恐怕大阪人无法轻易体味到个中醍醐吧。他的声音听上去似嫌冷淡，却自有一种淡泊之妙。大阪人往往发声过于用力，东京人听来便会产生某种不悦，心情也会变差。不记得什么时候曾在杂志上读过坪内先生批评曾我迺家五郎的艺术风格的文章，我情不自禁对其主旨大表赞同。五郎的戏在东京被认为极为糟糕，我以为一半原因即在于其发声用力过猛，含混、孑裂、低沉、黏稠，令人联想到电影旁白者或浪花调[②]说唱人。不妨将其发声与新派的喜多村等人的发声作个比较，后者声音脆爽、利落、清澈，反之，前者则有种喀喀的粗鄙声，听上去就仿佛地动时的鸣噪声在耳朵深处不停地嗡嗡作响。有一阵子，五郎与已故的十郎同台共演，由于十郎声音相对清脆，念白吐说十分轻妙洒脱，故此五郎的窳劣尤显突出，看上去确实像个不讨观众喜欢的演员。除此以外，落语演员春团治同样会发出地动般讨厌的鸣噪声。文乐演员大抵掌握掩饰这种声音的技

---

① 此处将幸四郎说成东京人可能有误。根据最近的报纸报道，他好像生于伊势；吉右卫门的父亲——已故歌六可能是上方地方人，左团次的祖先则可能是名古屋人；猿之助的父亲——已故段四郎的出生地不甚了解，不过记忆中似乎唯有第六代菊五郎的父母是世代江户人。（作者原注）

② 浪花调：日本一种大众曲艺，用三味线伴奏，由一名演员以通俗易懂的曲调说唱故事，主要流行于关西一带。

巧，听上去就不会令人感觉受不了。不过普通的大阪人却个个都如此发声，平时说话的时候十人十色，每遇激辩或争吵，吐字情不自禁加大劲力，此时便不可思议地发出这种声音来。肤色白皙的年轻男演员像女人似的不停用尖厉的声音说着话，忽然变成那种声音总感觉非常不协调。事实上，不仅男演员如此，令人惊讶的是女演员也会发出这样的声音。我时常因为听到妙龄女性从那娇弱的喉咙发出毫无色泽的粗野声音而大吃一惊。

说起来，在大阪天生有着一副好像粗杆三味线演员般嗓门的女性并不稀少。光看面孔，如花似玉，总以为声音也会娇美无比，然而一开口说话，却发出鹅鸭般的声音，令人不由地感到惋惜。事实上我就认识两三个这样的女性。倘若在东京仔细注意一下，不是找不出这样的人，但一时还真想不出来谁是如此，由此看来确实属于极少数。

此外，人们往往以为发声时卷舌是江户方言的一大特色，其实并非如此。虽然没有听说过京都人也如此，但大阪人经常这样发声。况且，江户人卷舌滔滔不绝说话时显得颇有气势，但并无恶意，而大阪人说"好好干唷！"的时候，舌头卷起来说很奇怪，声音好似趴到地上一样，仿佛有条蛇朝你缠上来——我总觉得这是非常可怕的。

前面列举了许多大阪人说话的缺点，不消说，优点也不少。总体来说，我仍感觉大阪人的声音较之东京人的声音更美。公平起见，男人就算五五开吧，如果仅限于女性，我是站在大阪这一边的。

女性中像前面所述鹅鸭一样声音的、浪花调式粗拙声音的确实令人头痛，但并不是所有大阪女性都这样，可以说，十人中少说也有七人的声音是很美的。除了在剧场欣赏演员的念白，我之前很少关注日语的发音，常居大阪以后，耳朵听到的尽是妇女的日常会话，方始深切地感受到日语之美。很早便听说，京都妇女遣词造句很优美，不过我觉得大阪的女性比京都的更胜一筹。京都人的发音虽较东京人来得圆润有光泽，但不似大阪这样富有黏性，因此虽无前述用力过度令人不悦的毛病，但同时也缺乏魅力。要我说，声音最美的女性应该是大阪至播州一带的女性。再往西、往南方向去，声音中又会夹杂许多古怪的乡音和浊音，听上去一点也不纯美。最近十年间，先后有几名姑娘来我家做女佣，来自大阪至九州之间的各个地方，我依照听她们说话的经验得出了这样的看法。说到此我想起一件事，之前有位籍贯冈本但生于摄州今津的姑娘，和一位出生于东京附近的姑娘，二人在一起的话，关东那位姑娘的声音利落、冷漠、毫无感情，听起来不只是令人不悦，到最后，我竟没有任何缘由地厌嫌起她来了。

东西两地女性的声音差异，用三味线的音色来举例说明最合适不过了①。我以为，像长调三味线等音色清冽的器乐之所以能在东京得以成熟，绝不是偶然。东京女性的声音，且不论好还是坏，正类似长调三味线的音色，事实上两者非常和谐。说它美确实很美，不过声音缺少宽度，缺少厚度，缺少润泽，最要紧的是缺少黏性。正因为如此，东京人的会话精密，简洁明了，语法严谨，然而没有余韵也不够含蓄。大阪女性的声音则好似净琉璃乃至上方歌的三味线，无论曲调多么高亢，声音背后必定饱含润泽，富有光泽，有一种温情。若用乐器

① 我认识的一位西洋人曾经说过，日本人的声音缺乏色彩。不过此批评适合于关东人，关西人以及大阪以西直至本州岛西部地方的人的声音——尤其是女性的声音——色彩相当饱满。（作者原注）

来比喻，东京像曼陀铃①，有的甚至是大正琴②，大阪则像吉他。高谈阔论的话与东京女性一起富有情趣，而说枕头边的私房话则大阪女性更富情义，这是我的一贯观点。换句话说，抛开性的享受而言，以和男人对阵的感觉进行唇枪舌剑，东京女性大胆、一针见血、幽默、善于抓住对方话柄，因此富有对抗性和挑战性，而从"女人"的角度看，大阪女性更具风情，更加有魅力。所以，我以为东京女性缺少一点女人味。

不过，这并不意味着大阪的女性淫荡或粗野。东京女性率直、不遮遮掩掩、泼辣、轻浮，并且多少精于世故，反倒给人猥琐低俗的感觉。住在高台地区至今仍保持着古都遗风的堂上华族阶层什么情形我不得而知，但东京的其他阶层包括上流社会在内，近年来也有意使用起平民化的语言，使得原本的优雅和格尚日渐凋颓。

话题从声音转到了言语，这里就顺便说一说。我对东京女性过于客套的敬语③非常讨厌，敬语适可而止就好，非要在每个动词后面都加上"あそばせ"。这种拐弯抹角啰里啰唆的表达方式，性情急起来再以很快的语速一口气说出来，简直让人受不了。可以说，这种表面上郑重其事、故作姿态、看似优雅的做派，其实离优雅却愈加远了，没

---

① 曼陀铃（Mandolin）：一种弹拨乐器，起源于意大利，其外形正面平直，背面似瓜呈瓢形，有四组金属弦，每组两条，音色优美。
② 大正琴：日本人森田伍郎发明的一种拨弦乐器，在木制琴身上设琴键和两根金属弦，适于演奏单旋律乐曲。
③ 这里指所谓的"あそばせ语"，即在一般的敬语后面加上"あそばせ"表示更加客气和尊敬，为女性所用最高级敬语。

有比这个更荒谬的。相比之下，大阪的"船场语①"和祇园"廓词②"倒是别有韵味，颇具风雅。想来昔日的"あそばせ语"应该也是不那么伪善，不那么令人讨厌的吧。它之所以堕落成今日的模样，恐怕是某些女性教育家的罪过。在大阪让人心情愉快的是，不论跻身上流阶层还是普通人中，几乎都听不到这种语言。偶尔使用这种语言的不是东京移居而来的，便是热衷于东京腔调的学校老师之流。

上方地区妇女说话声音好听，听她们演唱长歌③就能明白。我住在东京的时候，以为长歌这种东西很单调、枯燥无味，原因之一就是因为那是东京的女性演唱的。其声音本来适于演唱都都逸④或端歌⑤之类，与传统乐器的音色配合才相得益彰，唱长歌显然不协调，这是毋庸多言的了。但若是由大阪的妇女来唱，却于单调中显出一种人声与弦音的微妙谐适，仿佛伴着恬淡的音乐嗅飨香熏一般，情趣油然而生。特别是欣赏声音娇好的美人演唱，更令人想象起昔日公主掩在玉帘后面低吟浅唱，身穿长袍的贵妇衣香鬓影暗暗浮动的景象。从音质来说，还是大阪妇女体内流淌着浓厚的传统之血。

举自己的例子来说明似乎有点荒唐，说起来，我年轻的时候声音

---

① 船场语：发源于大阪船场的一种俚俗语言，船场是大阪中央区的一个地名，是有名的商业街和批发街。
② 廓词：江户时代花街柳巷语言，妓女掩饰自己的家乡口音以平等接待客人，形成一种特殊的语言。
③ 长歌：江户时代在上方歌基础上发展起来的一种三味线音乐，原为歌舞伎的伴舞乐，后也用于单独演唱，成为独立的音乐形式。
④ 都都逸：一种日本俗曲，娱乐性三味线歌曲。
⑤ 端歌：即江户端歌，一种日本小曲，幕府末期开始流行的短小的艺术歌谣。

还是很值得自豪的，在客人面前唱起之前听过的端歌或长歌也颇受好评。然而近来试着学唱上方歌，却发觉无论如何都无法随心所欲地发声，唱到高音处往往就破音，唱低音时则莫名其妙地用力过度。我心想，大概是上了年龄的关系吧。可是，唱起江户歌①来却依旧能自由自在地发声。这令我深切地体会到江户歌与上方歌的发声方法截然不同，安来调②、串本调③等稍稍往西一点的地方的民谣，东京人唱起来即使曲调完全正确，听上去也感觉缺少点味道，声音干枯，好像在扒拉泡饭一样。倘若不是上方地区特有的那种舌头好像卷缠、含混、黏在一起的声音，根本就没办法唱好那类民谣。大阪艺人演唱江户净琉璃和歌泽调④也有同样问题，虽然不能指责说曲调唱错了，但总有发音吐字不清晰、对歌曲演绎不够到位的感觉，总之听上去不是江户的味道。作为东京人且被公认为将继承竹本津太夫衣钵的古靭太夫是唯一的例外⑤，但即使是他，在有些人听来或许仍略嫌不足，何况才艺稍逊的艺人，要想达到摄津或越路那样的境界，想必非常不容易吧。

我之所以说这些并无他意，只是想说明近年来江户音乐风靡关西，而学习生田流琴曲、上方歌等本地艺术的人则日渐减少，这究竟是怎么回事？在我家附近，也时常可以听到长歌、清元调等三味线音

---

① 江户歌：在传统江户歌谣基础上发展而成的江户风格的歌曲，与上方歌相对。

② 安来调：日本岛根县安来地方的民谣。

③ 串本调：日本和歌山县串本地方的民谣。

④ 歌泽调：三味线音乐的一种，由幕府末期的小曲演变而来，歌风浑厚淳朴。

⑤ 与古靭太夫相反的例子是，作为大阪人却成为东京剧坛名优的已故尾上松助，其拿手绝活是纯江户式的写实世态剧，竟全无半点大阪人的痕迹。不过依我看，倘若仔细听，他的声音里似乎总有那么一丝上方人特有的黏性，不知这是不是我的个人陋见？说到这一点，他的艺术风格给人上方式的执着之感。（作者原注）

乐，但古琴或粗弦三味线的声音却几乎不闻于耳。长歌由于其发声方式简朴倒也罢了，最近甚至连小曲①也流行起来了。小曲是江户音乐中最富江户特色的，也是感觉最没落、最颓废的，即使是一般东京人，它也并不适合演唱。假令长歌是和歌，那么小曲就是俳句。像这类东西，大阪人是不可能准确体味和把握其中情调，并出色演唱的。舞蹈也一样，山村流和井上流的舞蹈背时了，藤间流和花柳流的舞蹈大行其道，着实令人为之叹息。我并不想冒昧地搬出乡土艺术这个烦琐的话题，我只是觉得，关西人和关东人在生理和体质上有着难以克服的差异，所以才特别想劳烦大阪的诸位细细考虑。

早年，武林无想庵客居法兰西多年，回国的时候说过一番话："巴黎人的生活有一定之规，东京市民就没有，东西市民的生活可以说是杂乱无章的。"没错，回过头来看，在我少年时代，东京人的生活确实也是有着某种固定习俗的，如今几乎消失殆尽了。

若问什么是生活习俗？它是一个家庭、一个社会经过长期积淀，自然而然形成的某种约定俗成的惯例，譬如每年例行的节日活动：正月在门口装点松枝，三月女儿节陈列偶人，五月竖起鲤鱼旗，春分秋分亲戚之间互赠牡丹饼或胡枝子饼……从家庭来说，小到早晨起床时间，晚上就寝时间，早晚祭奠先祖牌位的时间，三餐用餐时间以及用餐时家庭成员的座次等，大到随四季变换端上餐桌食用的各种鱼类和蔬菜等，每年到了彼时必定依循先例周而复始。除此以外，出席喜庆或凶丧仪式时穿的衣服、寒暄的礼节，祭祀活动时房子的装饰、屏

---

① 小曲：一种三味线音乐，江户时代末期由端歌演变发展而来。

风、座席垫子、幔幕等自然不必说了。在东京的话，春天是去向岛还是飞鸟山，秋天是去团子坂还是泷野川等，观花赏菊登什么山每个家庭也都有固定的场所，甚至从团子坂回家的归途必定于上野"松源"，向岛返回则是仲店"万梅"，晚餐在什么地方吃也定然悉从旧范。在那种时候，父母所穿的总是同一身正式衣裳，因此看到这身衣裳，嗅到其散发出来的香气，先前例行活动的景象便活生生地浮现在眼前。想来，巴黎的市民也一样，不同于外来的旅游者，他们数十年居住在巴黎，勤勉、节俭、恭谨，不肯轻易添置新的衣裳，因此从帽子、外套到皮包，每到季节更替的时候总是翻出同一袭旧衣穿上。平日里每天上下班或散步的马路、途中停下来饮食的咖啡馆与餐馆等，所有一切都固定不变。

我不想品评这种生活方式的好坏。今天的年轻一代或许视其为明治时代的布尔乔亚审美情趣，未必反感，只可惜在东京这些东西如今都已消亡，唯一残存的恐怕只有正月里装点门松之类，不少家庭女儿节也不再陈列偶人了。个中原因之一，是关东的文化较关西更加年轻，加之当地的特殊情由——屡遭地震的破坏，因此某种固定的生活习俗还来不及扎下根。然而，生活习俗并非仅限于明治时代，倘若不喜欢旧式习俗也可以创制出新的习俗[1]。一直以来，东京人对外来思潮和流行时尚比大阪人更加敏感，也吸收了一些西洋习俗，只不过因各个家庭而异，有的是法兰西式，有的是美利坚式，并且往往出于一时兴起，不能一以贯之，时常变换着，以至整个社会非但无法形成一种

---

[1] 如果说五一国际劳动节之类属于新时代的习俗自然不错，但不要只限于这类斗争性的习俗，还应该有更多的节日或习俗可以让所有市民阶层都可以忘记平日的反感，乐享和平生活。（作者原注）

固定样式，相反变得越来越杂乱，各自适情率意，为所欲为。就说圣诞习俗，非基督教国民却照搬那种玩意儿实在是滑稽。这且不说，它究竟能持续到何时、扩散到何等范围也是说不好的。再说东京人的服装也是乱七八糟，早先文学青年和演艺界中流行过俄式衬衫，后来很多人又穿起中式服装，而现在都已经难觅踪影了。

但在关西，某种可称之为生活习俗的规矩仍被保留了下来。京都或大阪的老城区自然不消说，就连到处是红色砖瓦住房的阪神地区，居住在那里的人们生活方式也并不像房子外观所显现的那样摩登。因为那一带的居民，大多是早年从船场或岛之内等老城区的主要街区搬迁来的，或者是土生土长的财主及富农家，一方面住在现代风格的邸宅中，过着与之相适的生活，另一方面却至今不舍得丢弃其世家传统习俗。举个小例子，寄送书信时要将信装入带家徽的信匣，差侍女亲自送上门，这种做派在那一带沿线住家中至今仍十分普遍。并非只有固守陈规陋习的老人才这样做，时常出入舞厅的少妇和小姐，即使使用的是香料熏过的信封，上面还有墨水笔的墨痕，也必定是装在绘有泥金画的漆盒盛器里，才命下人送过去的——我本人就不止一次收到过这样的书信。此外，中元节和正月时的赠答、给佣人的谢礼等，也是礼数周全、一样不落。多年以前，我女儿带着祝贺礼物上小学老师家拜访，没曾想老师反而给了女儿三十文钱的贺仪。在东京，这或许会被认为失礼，但在关西，多少都得给跑腿人一点谢仪，这也是一种习俗。谢仪不能直接给下人，而是将五十钱硬币或一元钱硬币装入谢仪袋，随回信一同放进信匣，送返主人后再由主人交给下人。经过这套烦琐的程式方显对方用心周到。

总体来说，大阪是个工商都市，但不能因此以为武士阶层那一套烦琐的礼节就不发达。作为一个工商业都市，那些具备与大名①抗衡的气魄和实力的富豪们，势必像大名一样威风凛凛，主从规矩定得清清楚楚，本家分家的关系也弄得繁复得不行。直至今日，注重门第的风习依旧存在，冠婚葬祭之际便如影随形般冒出来。大阪的老铺子，掌柜效力多少年之后便可以从主人那里获得商号的使用权，自己独立另开一家分号。分号与主人的关系就像分家与本家，主人家世世代代对分号负有照顾的责任，甚至包括负担其婚礼的费用。类似这样的习俗随着现代化的商业组织日益成熟无疑早晚将灭绝，不过在大阪，个人经营的祖传老铺子比东京更多，因此这种习俗仍具有强大的生命力。我所认识的一户望族就拥有二十间分号，每年正月元旦，这些分号都会一字排开聚集在主人家的大客室，主人端坐上席，接受各分号的新年贺词，随后按顺序向各分号敬酒。正月十五，则是本家的女主人与各分号的女主人之间举行同样的仪式，其时，各分号的女主人都会穿起从本家女主人那里获赠的带家徽的黑色丝锦正装和服，系上黑缎腰带。这户人家最近从大阪市内搬到阪神地区去了，但直到去年，每年都会如此。在这方面，最保守的大概要数藤田男爵家了。据说在藤田家做事的女佣一直到最近都梳着传统的日本垂髻。

阪神地区最有意思的是，一方面作为旧大阪市的延续，这种工商人家的习俗仍被保留了下来，另一方面，不时还可以看到昔日那一带农村传下来的习俗。随着郊外的田园式都市不断膨胀，先前的农田和田埂越来越萎缩，若是走到那里去看看，冷不丁就会看到丢弃在路

---

① 大名：日本战国时代将领地分封给家臣，实行统一管辖的独立领主，江户时代特指直接供职于将军、俸禄一万石以上的领主。

边的织布机的竹棍，或是茅草屋顶上插着菖蒲枝，令人既感惆怅又倍觉亲切。

　　演艺界或花柳界，至今仍保留着悠久的传统习俗。我中学三四年级的时候，受一叶女史①《青梅竹马》的影响，对吉原那一带的氛围心生憧憬，于是每有即兴滑稽狂言、赏夜樱、花魁游行等活动，便偷偷溜出家跑去看热闹。东京这一类活动大概早在震灾之前便已消失了。近年仿效京都艺妓舞蹈大会②，在新桥搞起了吾妻舞蹈大会，但终究不像京都祗园的那样有人气。毕竟要说它是传统习俗，年代尚不悠久，再者恐怕是因为东京的市民与花柳界的关系不像大阪那样密切。在关西，京都的艺妓舞蹈大会已不仅是花柳界的一大盛事，溜圆的灯笼在各条巷子的街角一挂起，市民便有一种春天来临的感觉，不由地兴奋起来。大阪的芦边舞③、浪花舞④虽不如京都的艺妓舞蹈大会，但也向市民们预告了春天的到来，让市民怀想起乡土之可亲可爱，故而也别具魅力。此时的市民也感觉自己所居住的街区仿佛一个大家庭，从而更加热爱故土。因此这类活动可以说大大温暖了当地市民的心灵，同时也增进了市民间的感情。

---

① 指樋口一叶（1872—1896），日本小说家、歌人，本名夏，擅长描写以东京为背景的年轻女性的生活，笔调浪漫而富有情趣，著有《浊流》《十三夜》《岔路》等。

② 京都艺妓舞蹈大会：京都祗园烟花巷的艺妓们每年四月于祗园歌舞演练场举行的例行舞蹈大会，始于明治五年（1872）。

③ 芦边舞：大阪南地五花街的艺妓每年四月一日起连续十天在道顿堀中座举行的舞蹈大会，始于明治二十一年（1888）。

④ 浪花舞：大阪曾根崎新地的艺妓每年三月十五日起连续十天举行的舞蹈大会，始于明治十五年（1882）。

总的来说，之所以有"东京人无故乡"这种说法，归根结底是因为东京街市徒有其广，但整个都市的人情味却十分淡漠。京阪的都市都有一个城市中心，譬如大阪有船场、岛之内——心斋桥至道顿堀一带，譬如京都是从四条京极至石段下附近，而东京则没有。勉强算起来，有银座、新宿、神乐坂、浅草……虽有若干中心，但无法集结成一个中心，剧场、烟花巷等也都散布于四面八方①。若说东京城市太大，可如今干线道路四通八达，乘坐计程车从这端至那端，也就二三十分钟吧。一个城市没有中心，恰似家庭里没有全家团聚用的餐厅一样。扩张后的大阪在人口和面积上都已超过东京，城市中心仍一如从前，市民们外出或购物还是涌向那里，每年年节的活动、舞台等主要仍在其附近。烟花巷虽分散在新町、堀江、南地、北新地等处，但以不超过半里地的距离为半径画一个圆，便全可囊括在内，这样的距离正好适宜散步。因此，演艺人士散步的身影、花柳界各类活动等皆成为都市的风景，小伙计、看家的孩童、姑娘、老板娘等与花柳界并无直接关系的人们，也会以艳羡的目光追逐着她们。

　　因为这种风习，大阪这样的社会至今每年仍会盛大地举办各色各样的例行活动并与市民的四季娱乐密不可分也就不足为奇了。假使正月九日的"宝惠笼"②那样的活动被废止，大阪市民的生活不知会失色多少啊。就我来说，最令我感到怀恋的便是每年年末的捣年糕活动。

---

① 东京的娱乐场所，不像心斋桥一带或京极那样设有电车不得通行的商店街。据说，早年曾有提议将银座的电车线路向里移一移，但由于商人们反对，这一设想便没了下文。究竟商人们出于什么理由反对，我实在无法理解。（作者原注）

② 日本近畿以西地方每年正月十日举行的传统祭神祝福活动，届时艺妓载歌载舞盛装游行，称为"十日戎"，大阪市自九日起连续三天于今宫戎神社举行，称为"宝惠笼"，其中元月十日为"本戎"，九日、十一日分别称为"宵戎""残福"。

众多艺人在热热闹闹的三味线伴奏下，一面唱着"十二月"，一面捣年糕。这一场景多么能激惹起人们庆祝一年即将过去，祈祷时和岁丰的感恩之情啊。有着如此佳致习俗的大阪，却少了久保田万太郎[①]那样的文人，实在是太遗憾了。假使哪怕有一个了不起的作家居住在大阪，也会诞生出一两部堪与明治大正年间的《青梅竹马》《隅田川》匹敌的优秀作品，但竟至今没有这样的作品诞生，可以说这也是一座大都市的耻辱。附带说一句，所有作家都抛舍乡土一心向往东京，说得严重些，乃是日本文学的损失。

大阪人这般重视旧式传统，也意味着其对祖上传下来的财产看得非常重。这方面的情形我虽不十分清楚，不过东京的小市民阶层在时代大潮的翻弄下渐渐没落衰败，而大阪历经时代变迁顽强支撑到今天的中产阶级却依旧随处可见。若往船场一带那些古老而狭窄的街市走上一遭，便会看到许多人家仍在坚持个体经营，与大资本主义的滔滔洪流顽抗着。

在东京的工商业区，有不少老人属于"战败的江户人"，我的父亲便是其中之一。这类人正直、有洁癖、对名利淡泊、遇事嫌麻烦、十分认生、特别讨厌溜须拍马那一套、拙于世故，因此在生意上遇到做事强硬有魄力的对手时根本不敌，最终的结局无非是将祖上的家财输个精光，到了晚年成为孙辈或亲戚的负担。不过他们自己却并不难过，身无分文反倒让他们觉得愈加轻松，于是便安闲地乐享余生。这类老人大多身形消瘦，腿脚劲健，每天走一两里路一点也不感觉累，

---

① 久保田万太郎（1889—1963）：活跃于大正至昭和时期的俳人、小说家、剧作家，擅长活用地道的江户俚语描写日渐消失的江户市井风情。

给个五十钱或一元零花钱，便揣着它步行至浅草一带看各种演出或站在店头吃份寿司，度过半天愉快的时光；他们喜欢喝酒但不贪嗜，一合①渌酒，陶然晚酌，微带醉醺心情大好地闲话几句家常，很快便倒头睡去。旁人弄不懂他们的人生究竟有何乐趣，可他们就像天生的乐天派，既不愤世嫉俗，更不会妒忌别人的幸福。对亲朋好友故世，他们能从容面对，不伤感不悲观，认为任何事情都有定命。另一方面，他们远离亲戚间的各种纷争、不和，永远是超然的态度，和任何人都能友好相处，因此在晚辈眼中他们并不讨人嫌。他们也不会主动向晚辈伸手要钱，哪怕酌量给他们一点点就会感到于心不安，情愿替小学或区公所做点勤杂工作，空闲的时候也会与人下下将棋②或上围棋会馆练练手。这样的老人在东京旧式家庭中，一门一户至少必有一人，大多是像我父亲那般年纪的。不过最近，辻润③似乎也可以归入此列了。说得严重些，他们是生存竞争的落伍者。之所以落伍，与其懒散、缺少谋生能力等自身弱点不无关系，然而换个角度来看，他们身上又有一种堪称市井仙人的散淡气质。逝去的时光姑且翻过，当你同已臻晚境的他们近距离接触，你会产生恍如大彻大悟的禅僧一样光风霁月般的感觉。但我自从搬来大阪居住，却始终没有遇到过这样的老人。请教了此地的友人，据说这种性格在关西是非常少见的。

大阪地方有个词，叫"贪痴"，这种说法是东京没有的。这即是说，大阪有很多人一门心思只想着赚钱，结果被贪欲蒙蔽了眼睛，不

---

① 合：日本容积单位，1升的十分之一，约为180毫升。
② 将棋：一种类似中国象棋的游戏，起源自印度，据说系奈良时代由遣唐使经中国带入日本。
③ 辻润（1884—1944）：日本思想家、翻译家，日本达达主义的代表人物之一。

仅心胸变得狭窄，根性也变得龌龊猥劣，这样的人最后总归会遭千人嫌万人弃，成为人生的落伍者。事实上，大阪人对"身无分文"的恐惧程度是东京人根本无法想象的。东京人自然不愿意落到身无分文的境地，但对前面所说老年人的境地依然能有一分理解，大阪人则似乎全然无法理解。他们唯恐人生落到那种境地，一旦遇见那样的人只会觉得对方是傻子或是疯子，绝不会善待对方。

诸君倘若读过19世纪法兰西现实主义小说，想必知道法兰西人对财产是多么重视。巴尔扎克、福楼拜、左拉等大作家写的作品都不会忘记交代人物的经济状况，即使是浪漫的爱情故事，介绍主人公或女主人公的时候也不厌其烦地提及其父亲有多少遗产、伯母有多少遗产、每年有多少利息、每个月有多少收入、某某方面花销多少、减去后每月还剩余多少……如此这般着实是细致入微，有时候甚至上溯三四代，详细地说明某某伯爵的几万几千法郎资产死后转赠给某某侯爵几万几千法郎，侯爵死后又传给某某氏，后来又落入某某的手中……对于遗产的历史，仿佛详述祖传宝贝的来历似的加以一一说明。大阪人对于财产的观念恰似这般。分号从本家分得多少财产，以此为资本扩充了多大规模，购置了多少不动产，其子女、哥哥开支多少，弟弟开支多少，女儿出嫁花销多少……中产阶级人家几乎家家户户成天都在琢磨这类事情[1]，因此他们从少年少女的时候起便精于计

---

[1] 在东京倘若有一个富庶的家，各路亲戚定然会蜂拥而来，坐吃大锅饭，而被吃的却断然没有将其赶跑的勇气，结果便是大家同归于尽，一起垮掉。大阪则是本家与分号之间非常团结，平素就互相扶持、互相帮助，所以很少会有这样的弊害，向人借钱或者借钱给人都十分谨慎，绝不会做出东京人那种傻事。上方的堕胎率高，也是每个家庭出于经济的考虑想得深远的结果，东京人在生子育女方面也是缺少规划的。（作者原注）

算，对数字极为敏感，"金钱"这根神经发达到了令人吃惊的地步，而东京的学生在这方面简直可以说是低能。前阵子看到报纸一则来自某百货商店店员的报道，说东京的妇女对购物明细票据看都不看，随手丢弃，大阪的妇女则十有八九是带回家的。这恐怕是事实。

赖山阳的未亡人梨影子在其书信中披露，山阳生前对身后事早有谋虑，担心自己万一有什么三长两短，妻子的生计遭遇困难，故此预先做好充足的准备，妻子对此非常感激。像山阳这样慷慨忧国的诗人，居然会想到积攒金钱。听到这个消息，遽然生出"到底是关西地方的人啊"之类感慨，并情不自禁露出一丝不屑，这便是东京人所谓的"洁癖"。然而虽身为志士文人，也不至于让妻子风餐露宿、走投无路，所以最好的方法其实是预做准备。当下艺术家的清贫和高洁已经不能作为吸引人的招牌，当今的时势是没有人再以此自矜了。由此看来，我们，尤其是像我这样自由散漫的人，实在很有必要学一学大阪人的精明。不管怎么说，大阪很少看到有钱时花起来如流水，没钱时拮据到过了今天顾不上明天地步的人——在艺术家当中也很少见。不论充任什么职务，手腕如何，才能如何——这些全无关系，优秀者和平庸者都精通生财之道。即使成为一名出色的作家，这种特质也不会给其创作活动带来任何不利的影响。在这方面，已故小出楢重①君堪称大阪的模范艺术家。故人一如周知的那副模样，为人和蔼亲切，说话滑稽而巧妙，孩童般的质朴态度赢得了所有人的好感；而另一方面，他在生活中、作品制作中同样显示出其机悟和勤敏，以至时常听

---

① 小出楢重（1887—1931）：活跃于大正至昭和初期的日本西洋画家，出生于大阪，东京国立近代美术馆和京都国立近代美术馆等均收藏有其画作。

到有人在背后说"小出这个人很狡猾"。然而，单从其生前留下如此多优秀作品来看，难道还不明白在他的"狡猾"和"好感"背后隐藏着一个艺术家的真正面目——对艺术永不消减的热情和永不懈弛的追求吗？我想，故人是土生土长的大阪人，况且出生于大阪工商业区，因此与生俱有那种吾乡吾土特有的处世之才——这不是他的过错。对金钱看得重、看得紧，对人生的安排时刻不敢懈怠，既然这是此地人的生存常识，他拥有这种常识也没有什么不可思议的[①]。加之故人深爱故土，一生未离开过大阪，基于社交考量这样做也是必要的。小说家无论居于何处，生意对手不外乎东京的媒体人士，应酬方面自然无须过多考虑，但画家尤其是西洋画家，势必要时时留意同周围的人的相处和应酬。像我这种不拘细节的人完全不能想象，但听精于此道的生意人们在说："对小出君可大意不得。"由此看来，故人在同生意人打交道的时候亦如其对作品一样机敏、一丝不苟。像他那样将大阪人的特性与艺术家的天赋融合一体的人，大概找不出第二个了吧。这才不愧是这块土地孕育出来的艺术家啊。

大阪人的处世训中，有一条是"娶妻则娶京都女"。看起来，京都女性似乎比大阪人更加会过日子，善于操持家计。不过在我眼里，大阪的女性一点也不比京都女性逊色。

我之前曾雇过两位府立女专毕业的姑娘当秘书。说是秘书，其实我的工作一向毫无规律，所以并不要求她们固定时间上下班，而是像家人一样住在我家里，每月的工作加起来统共大约十天光景，其余时

---

① 小出君去世时，大阪的重要报纸关于他的死讯不约而同都比较简略，不由令人伤感地想，难道不应该更多刊登些追忆这样一位气质独特的乡土艺术家的文章吗？通过此事，我愈加痛切地感到，这块土地真的很难培养出优秀的艺术家。（作者原注）

间便无所事事地闲着，因此她们不像普通职业女性那样受到工作的束缚。然而令我惊奇的是，她们竟从不出门瞎逛，不论有事没事都待在家里，因而根本没有机会花销。什么活动、音乐会、逛街、游山等，只要不是我们邀请，她们绝不会自己花钱去的。或许作为良家妇女这是理所当然的，不过我深知东京的文学青年或文学少女的风气，所以还是颇感意外。倘若在东京，在专门学校接触过文学，又住在小说家家里，有充裕的时间，每月多少有些薪水，没有一个女性会如此安静本分的。那个年纪的女性常常都是一有空闲便跑出门去交际，或穿上中意的洋服到处闲逛，总之一刻也不肯清闲。可是我所雇的两位姑娘在这方面却毫无兴趣，简直过于老实善良了。那么是否每天伏案读书呢？并非如此。我家里虽谈不上有多少藏书，但比起一般家庭来自然有不少文学书籍。有什么要请教也是近水楼台，来客多是文坛里的。然而她们自学校毕业后似乎就对文学没有丝毫兴趣，完全不懂得利用这种难得机会。我留意了下，她们或是阅读层次极低的女性杂志，或是帮着我的家人一起干家务活，或是裁缝，简直跟女佣没什么两样。换句话说，她们不论身处何地永远都是家庭型女性，不必担心其因为受过教育而自以为了不起或与家人起争执，有她们在家里绝对太平无事，以至令我觉得在学问艺术方面哪怕有一点点好奇心或理直气壮地同我顶撞几句也好啊。我甚至听她们之中一位说起过，她的同学毕业后得到外地一份教员的工作，启程离开大阪那天，同窗好友们到梅田车站去送行，离开的和送行的都哭声一片。假设是去九州、北海道那样僻远的地方赴职倒也罢了，东京那点距离还要那副样子，真叫人觉得太可怜兮兮了。

　　但正因为她们如此的性情，作为妻子，不难想象她们生活中一定深情款款、柔顺、善于操持家计，即使出身富家也敢于选择一个月收入仅百日元的工薪族并将家经营得像模像样。她们有这样的心理准备和能力。其中个别人若是丈夫早亡或实在无能，她们便会张罗一间店铺，雇几名伙计，堂堂地做起买卖来。即使自己不开店铺，她们也会充分利用亡夫的遗产做本金，靠借贷等一点点积攒财产，供养子女长大成人——我认识的人当中就有两三位这样的母亲。在东京，这样的人会被视作女投机商或女放债人，总之是令人侧目的怪人，即刻成为别人口中议论的对象，但在大阪却向来不会被觉得不可思议。

由于整个社会风尚如此，大阪中产阶级市民家里的光景是东京人所无法想象的：阴暗、空落、冷清。我所认识的一个大阪人嘲弄京都人吝啬时说："京都即使最冷的天，有客人来了，都不肯拿出生着萤火一样微弱小火的火盆！"然而大阪人的抠门较之京都人也丝毫不差。我平日里交往的人在大阪也都属于白领阶层，换言之大多深受东京的影响，但与东京同阶层的人家比起来，其节俭程度绝不可相提并论。大阪有一种风气：倘使某人生活稍显奢华，便会惹来议论："那家人家东京派头呐。"进而不愿意与其往来，诚信也会受到影响，故此殷实的人家往往只拿出其实力的几分之一用于生活。说是"东京派头"，其实跟东京完全不同。东京人生活奢华起来，人前人后都是一个样，而大阪人的奢华只是表面的，在背后不为人所关注的地方仍然非常节俭。

京阪人小气吝啬的例子列举起来恐怕没完没了，在此只举一两个我亲眼所见的例子。以前，我去京都一家餐馆吃火锅时，看到一位妇人将吃剩的生鸡蛋塞进袖口带了回去。那位妇人不是普通的商人家妻子，而是某一流茶室的老板娘。所以，我不由地感到诧讶。还有，大阪令人感觉很奇怪的事情是：每到傍晚，只要往阪神或阪急的终点站一站，就能看见路过的白领族从口袋里取出读过的晚报，朝报贩面前一伸，报贩接过去之后拿出另一份晚报递过来，白领立即将报纸又塞进口袋，然后继续赶路。这是怎么回事，东京人可能看不明白。其实，在大阪《朝日新闻》和《每日新闻》的晚刊读者最众，因此通常很快就售完，而其他晚报则往往拿在手上卖不掉，到了晚上只好三份三钱或五钱贱卖了事。（晚报中《每日新闻》的晚刊比《朝日新闻》的晚刊销路更好。报贩中个别狡猾的在有人上前说"《每日》《朝日》各来一份"时，会将《朝日新闻》或《每日新闻》放在上面，底下夹一份其他报纸。）于是，如果手上有《朝日新闻》或《每日新闻》的晚刊，便迅速翻读一遍（当然须小心轻折不能读得皱巴巴的），然后递给报贩，对方自然很高兴用另一份晚报与之交换，这样便可以《朝日新闻》和《每日新闻》两种晚刊的价钱读到四种晚报了！事实上，这种光景在上筒井终点站比在大阪站更加常见。从检票口走出来的男人嗖地将报纸递过去，报贩也心领神会将一份报纸嗖地递过来。虽然会令人稍许感觉不悦，但每晚都如此光景，两者好像有着某种约定似的，转瞬之间便完成了交换。

再去家里窥看一下，会发觉大阪人这根吝啬的神经一直延伸到了电灯的亮度和每日三餐上。在东京，一般家庭就饭的菜肴大多备至略有盈余，而大阪则按照吃饭人数稍许少备一些。说到这里忽然想起，那种被称作"长州澡盆"的铁锅式澡盆之所以在关西极为常见，应该也是因为它能节省燃料的缘故。在习惯东京箱式澡盆的人眼里，这个家伙实在丑陋至极。我初来此地的时候也着实困惑过，但从经济角度来说，一切尘芥厨余全都可以当作燃料使用，沸腾又迅速，真正过起日子来便感觉这东西确实十分便利。倘使用的是稍大一点的锅子，就不用担心身体碰到锅沿烫着，现在我已经喜欢上这种原始的澡盆了。

我由澡盆又联想到：大阪的普通人家以前也和东京的一样，不是在家烧水洗澡，大多是去澡堂子洗的。家庭主妇至少五天才去一次澡堂子，所以偶尔去的话必定花上一两钟头，笃悠悠地仔细洗个干净。考虑到这一点，东京人感觉大阪人家里有不洁的味道恐怕也是和经济考量有关的。众所周知，京都民家的厕所中都放置有三角形的塑料桶①，大阪普通人家里的厨房、浴室、厕所也一样龌龊不堪，阪神一带西洋式住宅中有冲水设备的人家同样不干净，叫人弄不懂冲水设备派什么用处。老派江户人即使身上破衣褴褛，但兜裆布和草鞋必定洁净如新，这是他们所引以为豪的。以此标准看大阪人的话，其内衣定然是十分污秽的。顺便再说一下，关西人对于鞋子不像东京人那样神经质，他们的鞋子总是松垮垮地趿拉着。这并非关西人粗线条不甚在意，而是出于经济考量：鞋子太合脚就穿不长久了。我也是从京都的艺妓那里听说后方始注意到，这种细节绝非粗疏阔略的东京人所能想到的。

我以前去祇园的茶室游玩，夜半忽觉肚子有点饿，于是环视在座的五六位艺妓问道："要不要叫点什么吃的？"由于平日就十分熟稔，相互间不用客气，便挨个地问过去："你要不要？""你呢？"或许之前在什么地方吃过东西才过来的，所以一个个都摇头答："不

---

① 指丢弃使用过的妇女生理用品的桶。

要啦。"问到最后一个最年轻的艺妓，她思索了一会儿才略显难为情地回答说："已经饱了。"随即露出一丝笑意。在座的人当中恐怕唯有她肚子饿了，不过换作在东京，我想艺妓们这种场合绝不会单单一句"已经饱了"了事的。我近来简直成了乡巴佬，对这种事情越来越愚钝了。不过我感觉，倘若是东京人肯定会前后再加上些理由之类，如果直截了当地说"饱了"则会被人认为实际上是明白无误地表示"那就不客气喽"。嘴上说"已经饱了"，脸上还嘻嘻含笑，这绝对是上方地方特有的语感。不仅是艺妓，关西的妇人也大多这副模样，话语不多，但委婉地表达自己的想法。与东京的妇人比起来，这样既听上去显得有品调，暗含娇媚风情，再加上前述那种富于黏性和润泽的声音，更平添了几分含蓄和余韵。

　　如今东京话成了标准语，语法精准，表现严谨又自由，曲尽其妙，使用起来最为便利，然而它却不甚适合作为纯日本风、含蓄雅致的女性用语。概而言之，东京话有点过分饶舌。上方地方说话饶舌的女性也不少，但仍无法与东京人的饶舌相提并论，原因在于说话时的语词不同，譬如，大阪人很少使用"てにをは"（日语助词的统称——译者注），即使使用也不像东京人那样神经质地执着于其区别。举个可能不太贴切的例子：东京话中"あたし<u>は</u>分からないわ"和说"あたし<u>では</u>分からないわ"是分不同场合区别使用的，而在大阪就没有这种区别，无论用在什么场合只有一个意思："我不知道。"假如这个例子有误，我愿意订正，但大致上想说的事实并没有错。我在写小说《卍》的时候方始意识到这一点。要说起来，大阪话的确比较粗朴。我起先用东京话写，后来改成大阪话时忽然发现，东京话中有时有两种表达，而大阪话中对应的却仅有一种。（顺便一

提，近年小说中出现的东京话许多也省略了"てにをは"，譬如"僕そんなこと知らない""君あの本読んだことある？"之类的句子比比皆是。这恐怕是受上方语言的影响吧，地道的东京人是绝不会那样说的，至多将"てにをは"等拖成长音，说成"わっしゃあ"或"僕あ"，即使听者感觉听上去似乎有省略，但本人却觉得自己咬字清楚，没有脱漏音节。）此外，引语后面的"と"在大阪话中往往被省略。（例如将"'何何'と仰っしゃいました"说成"'何何'いやはりましてん"，"叫'谷崎'的人"不说"'谷崎'という人"而说成"'谷崎'いう人"。）东京话中，根据不同场合分别使用"それなら""でございますなら""だといたしますなら"（如果……的话——译者注）等表达，但在大阪用一句"それやったら"大致便可以全对付了。此外，正如上面这个例子所体现的，作为上方地方，大阪话中郑重委婉的说法以及敬语等用法非常少，这很让人意外，但事实就是如此。东京话中从"遊ばせ言葉"开始，根据尊敬程度、职业、阶层以及年龄的复杂情况，都有相应的表达方式，说法十分丰富。譬如，就"する"（做——译者注）这一个词而言，就有好多种不同说法："します""なさる""なさいます""遊ばす""遊ばします""いたします""するんです""するのでございます""しますんです""いたすのでございます""するの""するのよ""するわ""するわよ""するんだわ""するんだわよ""してよ""しやがる"……仅随便想得上来的便有这么多，每种说法包含的语气都有细微差别。大阪话绝对找不出这么多的同义说法。单词前加上表示郑重和尊敬的"御"字，似乎也以东京话更多。我曾问过大阪的女学生，"お友達"（朋友——译者注）这种说法她

们几乎不用，通常都只说"友達"。还有"お召し物""おみ足"等（分别是"衣服""脚"的意思——译者注），以及表示年龄的"お三つ""お四つ""お十一""お十二"等更是几乎闻所未闻。故此说，由于这种语法习惯，大阪话中词和词之间存在一个空间，让听者必须自己去揣摩和拿捏对方所要表达的含义和情感分寸，不像东京话那样可以轻而易举地捕捉到话语背后的细微情感。东京话说起来从头至尾滴水不漏，绝无疏脱，而大阪话总是在话中留下几处穴隙。从语言的功能性来说，毫无疑问，东京话更加优秀，想要完整和充分地表达现代人的思想情感非得用它不可。然而，仿佛将人的角角落落都兜底翻个遍一样，将所有东西和盘托出，不留一点余白，总令人感觉难登大雅。东京话使用了过多的委婉词语和郑重其事的说法，听上去反倒给人以不雅的感觉，原因就在于此，即过分地追求语言自由自在，结果不是人驱使语言，而是人被语言驱使。从更大的方面讲，在将"无言"视为美德的东方，语言至少也反映了一个国家的国民性，因此一旦背离其理想而任意发展，语言自身所具有的美感便会逐渐消亡。今时今日，我发这样的议论或许不为大众认可，但想到关西女性的语言仍保持着远昔流传至今的日本语中那独特的美感——凡事十分说三分，其余的则若隐若现地隐映于沉默中，还是件令人愉快的事。

即使作淫猥之谈，倘是东京话，说起来势必很露骨，良家妇女绝不会说出口，但在上方地方就不一样了，上方地方的女性也深谙如何优雅、委婉道出的方法，普通妇人也可以堂堂地挂在嘴上而无损其形象。非但如此，由普通妇人口中说出来，还别有一种风情呢。涉及金钱方面的话题也可以非常巧妙地免去直言的尴尬。爱慕虚荣的东京人可能会因为扫兴的话无意中招致意想不到的祸害，大阪则由于独特的地方习俗，反映到语言上，最妥便的表达方式就是盘纡曲隐、若隐若现，听上去既不失文雅，又不会激怒对方，同时又能将自己的想法尽情表达出来。这种婉约和顺的表达方式在这片土地上得以完善，也是理所当然的。常见有人举例，大阪人走在路上遇见熟人，没有其他招呼语，而是互道："最近有什么发财的路子啊？"不错，男人和男人相遇或许有这种情形，但女性和女性见面绝不会露骨地这样说的，即使腹中一刻不停地打着小算盘，但任何时候都不会露骨地说出口。此外，譬如拒绝别人向自己借钱、催促别人还钱以及其他有碍情面的话、不客气的话、有失体面的寒碜话、对对方自顾自的想法进行敲打而又不伤及其自尊的讥讽话、表面肯定实则否定的反话、只说出前提而将结论隐于言外的暗示等，就像解谜语一样拐弯抹角，迂回曲折，却是八面周至，不失礼数，说话者体面地或从容防御或主动进攻，从而达到目的，这是非常惊人的。只有对话双方都是大阪人才能进行这样的对话，倘若一方是东京人，由于谜语过于纡曲，会理解出错或被认为故意诈哑佯聋，结果必会惹得一方怒从中来。即便如我这样久居大阪的人，也时常是事后才恍悟"原来如此"，为此心中很不安又或很扫兴。与大阪人打交道的时候，东京人务必要记取的是不论何时何地，涉及金钱方面的事情万万不可按照字面上的意思去理解。譬如馈送贺仪，即使对方固辞不受也须强硬地塞入他怀中，否则对方真的会不收。对方真的不想收？其实并非如此。只因为像这样接受或让对方接受，乃是此地的常识性做法。（东京近来变得有点学生腔，不流行贺仪袋了，而此地不仅限于贺仪，大凡女性之间的金钱往来即使是一枚一日元的纸币，也要用半纸包起来才交给对方，再亲密的好友也不会将裸币放到对方手上。）

假设一个东京人向大阪人借钱，可恼的是对方始终不肯给出明确答复，东京人只得愤愤地无功而返。然而，大阪人却认为在东聊西扯中自己已经委婉地传达了yes或no的意思。问题在于，这样的委婉表达在大阪人之间算得上明确答复，可东京人的思维习惯直截了当的言辞，因而这种谜语他们是解不开的。并且，东京人总认为大阪人狡诈，这就更加深了这方面的误解。其实并非大阪人狡诈，而是大阪人讲究礼仪。由于东京人性子急动辄发生争吵，故而为了不激惹其动怒，大阪人只能处心积虑地表达自己的意思，尽量使对方听上去不失礼数。不过，我也想向大阪人提个忠告：当碰到东京人时，有时候也不妨将话说得稍微明了些，否则或许在不知不觉间你就会招致对方的蔑视或憎恶。即使话题不涉及金钱，大阪女性总体而言比较温文尔雅，一般不会当场驳人面子，所以往往是说上一大堆空无一物、令人肉麻的恭维客套话——自然这也是出于善意。东京人煞是怕羞、认生，听到别人对自己花言巧语并不开心，反而会莫名其妙感到难为情。不止如此，他们还会将说话客套的人视为卑劣的家伙，先在心里下了判定。但事实上，倘若多接触这样的妇人，就会发觉她们大多是正直善良的。

"从东京一路而来，真正让人有大都市感觉的只有大阪。"此话是长野草风氏说的[1]。概而言之，京都人的幽默感似乎稍有欠缺，而大阪人就非常善解。从这方面讲，大阪人毕竟是大都市的人，不论男女

---

[1] 谚语"繁华之都也有幽静处"并非似是而非之论，而是事实，京都的优点恰恰便在于它"有幽静处"。（作者原注）

都拥有机敏和诙谐的神经，一点也不逊于东京人。说起俏皮话，东京人更多一分轻妙洒脱或说讽刺挖苦，大阪人则有所不同，貌似一本正经，却暗含无声胜有声的滑稽气氛。正因为骨子里透着诈痴佯呆的基因，所以即使一本正经说话，东京人也会觉得滑稽可笑。记得我刚搬来此地的时候，听到喜剧电影的解说，明明没什么可笑的但就是感觉有一种滑稽味，忍俊不禁。语言本身所具有的滑稽感之外，大阪人自身的滑稽神经也十分发达，所以说，并非只有地道的江户人才懂得幽默俏皮。这一点，只要将大阪人与中部地区至四国一带的人稍加比较，就会非常清楚地感受到其中差异。

东京人如果想在上方地方购买别墅，任何人首先都会将目光盯在京都嵯峨一带。然而真正住过来，才发现气候也好人气也好都不怎么适于居住。我曾经听左团次君说起过，已故高田实君有一阵子打算移居京都，于是在洛北的衣笠村买了块地，造了房子，可是住了不到一个月就实在忍不下去了，只好逃回东京。京都冬天冷得刺骨，夏天又热得让人受不了，虽然春秋两季气候非常舒适，即使能忍得了寒暑，但买了房子住下来又往往因为周遭的商人气息以及邻居的不同性情等，令东京人感觉很不愉快，加上根本没有可以交心的朋友，所以像西园寺公和清浦先生那样的只是特例，普通人是无法长久住下去的。高田先生逃回东京，恐怕也是这些原因。

想起大正十二年震灾的时候，我正在箱根的山里，通往东京方面的山路因为地震崩塌，一时出不了山，直到九月四日才乘上从沼津开往大阪的急行列车。我本想从神户再乘船回横滨，但由于当时规定没有带身份证明的人一律不得乘船，所以便辗转于京都、大阪、神户，羁留了三四天。梅田、三宫、神户等车站前仿佛黑山一样云集了众多市民，都是前来迎接关东罹灾群众的。他们在车站外排成长长的队列，一看到我们便上前来分发慰问品，还在停车场前设立了接待处，让人很是感动，尤其是梅田站外异常热闹。可是令人惊讶的是，京都七条车站前的广场上却是一片闲静，与平时毫无两样，看到眼前的景象我心情很异样。我从未像那时那么清晰地领略到京都人的性情。当时，正有传闻说要迁都至上方地方，据说祗园有间茶室的老板娘说："要是那样的话，好多大人物都要跑到京都来了，我们可是吃不消啊！"相信这是京都人的真实想法。自己居住的地方重新成为皇城，本来是高兴，可又担忧大批达官贵人一股脑地涌入，不知自己的生活将变成什么样子，因此最好是不来。但对他们只能敬而远之，换句话说，京都人抱着极为消极的态度试图守护自己的家园，因此对远道而来的灾民，不愿主动上前慰问，而是谨小慎微尽力不露富庶奢华的迹象。他们所关注的是自己的举动不要被警察呵斥，更不要被报刊声讨挞伐。结果便是，京都的街市比往常还要缺乏活力，人们被一些无根无据的流言吓到，早早地关门闭户，哪里谈得上慰问救济灾民，只管张罗自警团[①]，然后便仿佛油干灯尽一般毫无生气，一派沉静。然而，就在阪神沿线芦屋一带闲静得只闻留声机的咿呀声时，大阪却是忙着慰问救助，热气腾腾。

因工作上的关系，似乎是京都较适宜我等居住，其实并非如此。倘若除去工作上的考虑，完全超然地看，大阪更加适宜居住。我虽没有在大阪市中心居住过，但我觉得只要空气优良住在那里也无妨。尽

---

① 自警团：日本一种民间自发组织的临时警备团体，用于发生紧急情况时自卫。

管有人说大阪物欲横流或被金钱玷污了，可毕竟这里本就是商侩之都。商人贪爱钱财难道不是天经地义的吗[①]？大阪不像京都，大阪人对钱财的贪爱正大光明地展露于外，又有什么不妥呢？我刚搬来大阪的时候，由于同东京的氛围差异甚殊，心中很是不快，及至习惯之后，自然而然便会在这商人气息中发现喜欢的东西：大阪人比东京的那些白面书生更具有男人气概，更加积极奋进，虽然线条粗但感觉更加爽朗。

大约是两三年前，由于讨厌乘坐火车所以一直没有游览过京阪一带的清方[②]画伯，生平第一次开着汽车沿东海道云游京阪。读画伯当时的游记我们得知：画伯途中路经名古屋，被那里的风情打动，觉得非常美。东道主原本觉得领他去那种平淡无奇的城市实在没意思，所以尽力绕开这些地方，没想到偶入眼帘便激惹起画伯极大的兴趣来。读到这里，我深有同感。作为东道主，没想到东京人会对名古屋这样的中等城市产生兴趣，这一点也不奇怪。不过，名古屋如何我不得而知，但走在关西许多城市的街市上，则会情不自禁回想起自己的少年时代，有一种十分亲切的感觉。今天的东京，往昔平民聚集的街区模样已经完全消失[③]，然而我不经意间却在京都或大阪的老旧街区，通过似曾相识的、四壁涂着泥灰的木屋和装有格子门窗的房子，重新发现

---

① 东京的有产阶级大部分依附于华族、政治家、政商、官僚以及其他政府机构或大企业而生存，大阪商人则大都自食其力，用心经营。因此，东京的风气便是讲究势力、声望，而大阪信奉的是实力主义。（作者原注）

② 镝木清方（1878—1972）：日本明治至昭和时期的浮世绘画家，以仕女画著名，与上村松园、伊东深水并称"日本近代三大仕女画师"。

③ 东京最具东京特色的地方还数日本桥区，不过，这里已经因地震引发的火灾而烧得旧迹难寻了。（作者原注）

了那种往昔的影迹。东京近县自横滨演变现在这等光景，像模像样的都市已荡然无存，能够重温日本旧时街市光景的地方可以说一个也没有了。而京都的室町和大阪的谷町、高津、下寺町一带，若是去到那里便会令人心头发热："啊，从前的东京也是这样的呢！"仿佛找到了一度被忘却的故乡。事实上，昔日的东京也有许多横宽很窄、纵深幽邃的穿堂式庭院人家，院子一直通到后面的巷子——我家茅场的房子就是这样的。夏天的时候，拿条竹制的长凳放在逼仄的狭弄里，跟附近邻居闲话家常或是下棋，一直到深夜。这种悠闲惰慢的氛围，在大阪这样的大都市依然残留着。此外，繁华街道两旁巷子里骈列着小巧玲珑、漂亮的院子，拉开格子门可以看到六席大的起居室里放置着长火盆，屋内地板和木柱等擦拭得乌亮乌亮，穿着无领短罩衫的男主人正兴致勃勃地欲和女主人支起火锅享用一餐美食。这种巷子深处人家——以前大多是商人或手艺人住在这种地方——的生活场景，如今在船场以及岛之内中心地带还不时可以看到。关西也在向东京看齐，不停地诞生、矗立起高大的水泥建筑，所幸这只是干线道路附近的景象，只要不是一朝繁华变荒墟，这种场景应该仍会存留下去吧。听说先斗町等地遭遇火灾后，最终方针是不容许再建，如此看来，这种场景至少在相当一段时间内不会消亡，这是令人欣喜的。

在关西住久了，了解了前述各种人情、风俗、习惯，其后又观赏了文乐偶人剧，得出的印象与之前一个东京人眼里看到的完全不同。想来，那偶人剧与现代大阪人的关系，并不同于默阿弥剧与今天的东京人之间的关系。默阿弥剧所展现的旧幕府时代乃至明治初期的世相，在今天的东京人看来，感觉已是一个时代甚至两个时代以前的古典世界。大阪人眼里的偶人剧或许就不一样了，他们从戏中看到了与自己的生活环境和情感相近的东西，故而感同身受，一掬同情之泪。至少四五十岁的大阪人观看此类戏剧的时候，会勾起自己少年时代的回忆，沉浸于甜蜜的缅忆之中。净琉璃剧不只限于"梅忠①"或"纸治②"那样的世俗故事，它从一开始就是以大众为受众而创作的，即使是大型历史故事剧，也必是普通民众喜闻乐见的题材和场景，从而抒发大众的心声和真情实感。因此，在略显保守的上方地方，净琉璃剧譬如"忠臣藏③"中勘平剖腹的场面至今仍拥有感动普通百姓的莫大魅力。东京的歌舞伎中我最讨厌的场面是满脸皱纹、像只梅干似的老太婆从幕布后走向舞台口，这让人感觉几分腌臜，但几乎所有历史狂言剧中必定都有这样的场景。后来我才明白净琉璃剧本作者的用心，因为它甚合此地大众的口味，它就是上方地方乡野人家的真实写照。今天去到山崎一带，依旧能见到掩覆于深深草丛中的农家，与忠臣藏时代几无分别，而仿佛与市兵卫④曾经起居过的、孤寒的茅草屋舍到处皆是，走在路上遇见举止口吻温静娴丽的老婆婆、像阿轻⑤一般的年轻女性一点也不稀奇。"梅忠"中的新口村、泽市⑥的壶坂、"千本樱"⑦中

---

① 梅忠：净琉璃戏目《冥途飞脚》的通称，描写飞脚（类似驿使）忠兵卫与妓女梅川相爱的故事。

② 纸治：净琉璃戏目《心中天网岛》的通称。纸治即纸屋治兵卫，是剧中的主人公。

③ 忠臣藏：偶人净琉璃戏目及歌舞伎戏目《假名手本忠臣藏》的通称，题材取自江户中期赤穗义士为主君复仇的著名历史事件。

④ 与市兵卫："忠臣藏"中的人物。

⑤ 阿轻："忠臣藏"中的人物，为了给丈夫早野勘平筹措金钱，卖身于祇园，后在由良之助协助下替夫刺杀间细斧九大夫。

⑥ 泽市：净琉璃戏目《壶坂灵验记》（又称《壶坂观音灵验记》）中的人物。

⑦ 千本樱：即净琉璃戏目《义经千本樱》，权太是戏中的鱼生店主。

鱼生店所在的下市等村墟市廛一如往昔，还能发现面貌神情宛若孙右卫门①、泽市、权太一样的人。在这里，你就能很好地理解为什么说偶人剧是真正的乡土艺术。不只是义太夫调听起来如此，令人惊讶的还有偶人剧的脸：偶人的脸乍看上去似乎很怪异，倘若仔细端详便会猛然发现，原来它跟自己平日经常往来的某个村人竟十分相似。尤其是老年女性的脸，譬如梅忠养母的脸、阿绫的脸等，那种脸型至今市井中依然很多见。此外，像孙右卫门、宗岸那一类的老人，八右卫门型的普通商人，治兵卫型的青年男子，也都可以一一在身边认识的人当中找到。年轻女子也不例外，看似夸张失实，实际上却是准确把握住了那种味道。如梅川、阿杉那样的游女或普通人家的妻子不消多说，即使像若叶的内侍或八重垣姬这样将军家的夫人和小姐，多看上几眼也活脱脱是大阪女子的脸型。居住在阪神沿线的时髦人家的贵妇淑媛的眉眼间，全都隐隐约约有着她们五官的影子。

同样是阿轻或勘平，江户化的清元调②《旅路花婿》距离今天的现实生活多么遥远。由这一点可以看出，较之东京的歌舞伎戏剧，此地的偶人剧则是深深扎根于生活。不仅如此，歌舞伎如今几乎只有在东京还残存着，而偶人剧不止限于文乐，像淡路源之丞那样各色各样的剧场遍布大阪以西、淡路四国等地，与当地农民同呼吸共命运。

以上，将自己想说的诸事项大致叙道了一遍，我想就此搁笔吧。关西的食物，之前也不时在杂志上刊文谈及，在大阪料理早已风靡东

---

① 孙右卫门："纸治"中的人物。
② 清元调：净琉璃伴奏流派之一，由清元延寿太夫创始于18世纪下半叶，江户后期具有广泛的影响，世代以清元延寿太夫的名字相袭，至今已历七代。

京的今天似无必要再专门提起。至于气候温暖、火灾地震等自然灾害鲜少等，毋庸赘言肯定是关西地方更加突出。小学时读的课本中讲到"日本国气候温暖，风光明媚……"我在东京时非但体会不到，倒是感觉恰好相反，及至搬来此地方始领悟到原来课本中讲的并非自我陶醉，而是真实描述。换句话说，课本中所说的"日本"应该是指自大阪至日本中部地方一带，即本州岛的西半部。从地理角度讲，这一带也是日本的中心，早在远昔便已对外开放，同异邦有了交结，自然也就成为日本的代表。实际上从这一点来看，关西才应该是上国，关东是下国。摄河泉①诸国虽然美，但从这里越往西，土地的颜色越浅淡，气候也越来越温暖，鱼鲜越来越肥美②，景色愈加明媚。

然而正如前述，我绝不会无条件地赞美关西。无论如何，对已走出校门踏上社会的人或者业已成名遂打算往后过隐居生活的人来说，关西自然不成问题，但它不是一个适宜教育子女的地方。女孩姑且不谈，想要将男孩培育成一名优秀人才就必须选择东京。虽说与我读书的时候已大有不同，但总体而言，大阪学生缺乏积极主动性和冒险精神，就像商店里的掌柜，做起事来谨小慎微。他们大都有些许父母传下来的家财，加上此地气候宜人，各种生活用品价廉物美，以至于都安于小康而少有人胸怀大志。当然大阪还算好的，本州西部地方有不少富庶繁华的中小城市，那里聪明但器量小、好钻牛角尖、缺乏大局意识的年轻人太多了。所以说，自然禀赋得天独厚既有好处也有害处。

---

① 摄河泉：摄津、河内、和泉三国的统称。摄津，相当于今大阪府北部和兵库县东南部；河内，位于今大阪府东部；和泉，位于今大阪府西南部。此处代指整个大阪地方。

② 日本最具代表性的鱼种是鲷鱼，可以说，鲷鱼最鲜美的地方便是最具日本味道的地方，换句话说，自大阪越往东部去便越是乡村了。（作者原注）

阴翳礼赞

时下，耽情于土木之乐的人，倘使要营造纯日本式的房子住，每每为了如何安装电、煤气、自来水等煞费苦心，想方设法总想使这些设施与日式屋子相互协调起来。之所以有这种风习，即使没有亲自盖过房子的人，只要进到酒场、餐馆和旅舍等场所看一看，就会觉察其中原委。倘有自以为是超然世外的风雅之士，将科学文明的恩泽不当回事，跑到边鄙乡野搭间草庵而居自当别论，但如果是住在都市并拥有众多家口者，不管多么拘执于日本风格，终究无法排斥现代生活必不可少的暖气、照明以及卫浴设施等。于是，过于较真的人即使拉一根电话线也会伤透脑筋，或梯磴背后，或走廊一角，尽量置于不碍眼的地方。此外，院子里的电线做成暗线，屋子内的开关藏入壁橱或地柜里，绝缘电线掩在屏风后面，费尽心思，结果有些做法不免神经质过头，反而让人觉得是自找麻烦。

　　实际上，电灯之类早已是我们视之为常的东西，与其多此一举做无用功，莫如安上一个普普通通的、浅浅的乳白色玻璃罩子，露出灯泡来，更给人自然、素朴之感。夜晚从火车车窗眺望乡野景色，看到从农家茅屋的拉门背后，如今早已不时兴了的带有浅灯罩的电灯幽幽地露出一丝光亮，甚至会让人有一种逸雅的感觉。

不过讲到电扇，那声响还有那样式，同日式房间还是很难协调的。如果普通人家，不喜欢的话不用也没事，但生意人家到了夏天就无法只考虑店主的喜好了。我的朋友"偕乐园"店主①十分讲究居止，他讨厌电扇，店堂里好久都不肯装，可是每年一到夏季，客人叫苦不迭，最后不得已还是牺牲掉自己的拘执。就拿我这样的人来说，早几年，曾花销一笔与自己身份不适称的钱盖了一栋房子，当时便有相似的体会，要是连门窗什器等全都要较真的话，就会碰到种种困难。例如小到一扇拉门，照我的兴趣本不想嵌装玻璃的，但因此而全部纸糊的话，采光和密闭性等方面会有问题，没法子只好里边糊纸，外面装玻璃。为此，里外必须做两层格楞，花费自然变多了。即使这样，从外面看，只是普通的玻璃门，从里面看，糊纸背后还有玻璃，终究没有真正的纸拉门那种温软柔雅，很是令人不悦。此时方才后悔起来：早知这样，当初只做成普通玻璃的就好了。假使别人这样，我们会觉得可笑，但是换成自己，却往往不撞南墙心不死。

近来的电灯器具，有钟罩式的、灯笼式的、八间行灯②式的、烛台式的等各式各样，与日式屋子颇为协调，但我仍不甚满意，于是从古董店里觅来旧时的煤油灯、长明灯和枕灯，然后安上灯泡使用。最花费心思的要数暖气设计。因为，大凡炉子之类，其样式全都与日式

---

① 指笹沼源之助，作者一生的挚友，也是作者的资助人，经营有日本最早的高级中国料理店"俱乐部偕乐园"。

② 八间行灯：又称八方行灯，一种大型垂吊式灯笼型灯具，造型有圆形、方形和八角形等，一般用于酒馆、剧场、浴室等人多的大客室（八间）。

屋子不谐和，况且煤气炉子燃烧时会发出呼呼声响，不装烟囱的话待一会儿就会令人头痛。即使是被认为最理想的电炉子，就面目可憎这一点而言也没什么两样。电车上使用的电热器是安装在地板下面的，这倒不失为一个良策，但看不到红色的火苗子，又感觉不出冬天的气氛，一家人也不能够围炉团圆。我穷尽各种计策，最后砌了一个民家常见的大炉子，里面装上电子火炭，不论烧水还是屋内取暖都很方便，除了费用高些之外，至少样式上可以列为成功之作。

费了一番神，暖气总算巧妙地解决，接下来头疼的是浴室和茅厕。"偕乐园"店主不喜欢浴槽和冲洗的地方贴满瓷砖，客用的澡堂全部采用木造。从经济实用的角度来说，不言而喻贴瓷砖远远胜过木造，但是如果天花板、柱子、板壁等用的是上好木料，个别地方却贴上扎眼俗气的瓷砖，整体感觉别提有多糟糕了。刚装修完时还不明显，日渐月莛，板壁和柱子的纹理越来越显拙朴之韵，唯独瓷砖白晃晃的、浮着灿艳，这才叫牛头不对马嘴呢。好在是浴室，为了个人的喜好而稍稍牺牲一点实用性也并无大碍，但换成茅厕，事情就更加难办了。

我每次到京都或奈良的寺院，被领至那些古风、微暗但清理得干干净净的茅厕，便深切感到日本建筑实在让人受惠不浅。日本的客室不消说了，日本的茅厕更能令人精神宁定。这种地方必定远离正屋，建在绿叶溢芳、青苔幽香的草木深处。沿着廊子走去，蹲伏在暝暗的光线里，借着纸隔扇反射的熹微亮光，或沉浸于冥想，或探望窗外的庭园景色，那情致实在难以言喻。

漱石先生视每天早晨上茅厕为一大乐事。虽说这只是生理上的快感，可要体味这样的快感，只有四面是闲寂的板壁和朴陋的木纹、青空和绿叶之色映入眼帘的日式茅厕才是最佳场所。恕我重申一遍，一定程度的暝暗、彻彻底底的清洁，还有仿佛能听到蚊子嗡嗡声的幽静，这是必需条件。我喜欢在这样的茅厕里，听那淅淅沥沥的雨声。尤其是关东的茅厕，地面开着细长的冲洗沟槽，房檐和树叶落下的雨滴洗濯着石灯笼的底座，润湿了脚踏石上的青苔，最后渗进泥土，那闲寂的声音宛如近在耳旁。茅厕最适宜于谛听蛩吟、鸟鸣，和月夜两相宜，是品味四季不同情趣的理想场所。古来的俳句诗人恐怕就从这里获得了无数的灵感吧。故此，茅厕可以说是日本建筑中最风雅的地方。我们的祖先将一切都诗化了，把住宅中本是最不洁净的地方变成最风雅的场所，将它同花鸟风月联系在一起，含蕴于浮想联翩的遐思中。西洋人视茅厕为不洁之地，甚至竭力避忌在公众面前提到它。相比之下，我们就聪明多了，深得风雅真髓。如果硬要说缺点，日本茅厕距正屋稍远，因此夜间如厕殊为不便，尤其是冬天容易感冒。然而，正如斋藤绿雨[①]所言："风雅即清寒。"像那样的场所，里外一样冷，反而使人心情舒快。

饭店的西式便所通着暖气，实在令人不舒服。不过，尽管好尚茶室风格雅居的人皆以这种日本式茅厕为理想，但毕竟不是谁都像寺院那般住的屋宇轩敞，家口少，打扫的人手又很充足。普通人家想要时时保持那份清洁不是件容易的事。尤其是铺上地板或榻榻米，再怎么讲究礼仪规矩，再怎么勤于擦拭，仍不免污迹显豁。结果还不如铺上瓷砖，装上水箱式冲洗便桶，使用这类设施来冲便来得更加卫生、省

---

① 斋藤绿雨（1868—1904）：本名斋藤贤，别号正直正大夫、江东绿、登仙坊等，日本明治时期小说家、评论家，著有小说《捉迷藏》《油地狱》，随笔《小说八宗》《小说评注问答》等。

事。当然这样一来，与"风雅""花鸟风月"什么的就彻底无缘了，将茅厕弄得那么明晃晃的，四面也是雪白的墙壁，就无法尽情享受到漱石先生所说的那种生理快感了。不错，一眼望去，角角落落到处雪白一片，清洁自是清洁了，但终究是身体排泄物的去处，用不着这般讲究。如同冰肌玉肤的美人在大庭广众面前露臀裸足是种失礼行为一样，那种场所弄得明晃晃是讲究过了头，较起真来说，因为看得见的地方很清洁，反而会挑唆人对看不见的地方想入非非。那种场所，还是笼罩于昏暗的光线中，让人模糊难辨哪里洁净哪里不洁净的好。

所以，我在建造自家房屋时，虽说使用了冲便装置，可是瓷砖等一概不用。地上铺楠木地板，试图营造一种日本风格。令人头疼的是小便器。因为众所周知，水箱式便器都是白瓷制的，带有亮锃锃的把手。而我想要的，不管男用还是女用的，最好是木制，涂蜡的尤佳。即使只是不加处理的木头，经年累月，表面会渐渐呈现黝色，显出木纹不可思议的魅力，能使人清约恬夷。特别是将青翠的杉树叶子填进小便器，不仅好看，而且可以销匿声音，这一点的确非常理想。我当然不至于弄得那样奢阔，只想打造一个中意的小便器，将它跟水箱式冲便装置结合起来。可是，那样的东西要是特别定制，既费工夫又费钱财，于是只得作罢。当时我就想：不管是照明、取暖还是茅厕，引进文明利器当然无可非议，但为什么不能稍稍考虑并顺应一下我们的生活习惯和爱好，对之做一番改良呢？

钟罩式电灯复又流行起来，是被我们一时忘却的纸所具有的柔莹与温郁感苏生的结果，证明它比玻璃制品更适合日式屋子这点得到了认可。但便器和火炉，直到今天还未见到与日本屋庐协调的样式出售。论暖气，感觉就像我自己尝试的那样在炉子里装上电子火炭最好了，但就连这种最简单的脑筋也无人肯动（虽有种叫作电气火盆的伧俗玩意儿，但不能当暖气使用，同普通火盆没啥两样），现有的成品都是样子很别扭的西洋暖炉。也许有人会说，对衣食住的细碎事情这样那样地挑三拣四太娇情了，只要能抵寒暑，能御饥饿，样式什么的有啥好穷讲究的。事实上，不论怎样强忍，当"下雪之日最寒冷"之时，只要眼前有了便利的器物，便无暇讲究风流不风流的，反而心安理得地享受起这些东西带来的恩惠。无奈这已经成为一种趋势，但我以为，倘使东方能够独立发展起迥异于西洋的科学文明，那我们的社会现状跟今天相比会多么不同啊。这个问题时常令我陷入沉思。例如，假设我们拥有独立的物理学、化学，则以之为基础的技术和工业也会有完全不一样的发展，会诞生出更加适应我们国民性的日常必需的各类机器、药品、工艺品等。不止这样，即便是物理学原理和化学原理，我们也可能拥有不同于西方人的见解，对光线、电气、原子等恐怕也会揭示出完全不同于我们今天所学到的本质及性能。我对这些科学原理不甚熟谙，只是模模糊糊一逞想象而已。不过，至少实用方面的科学发明如能走独创的道路，则不仅仅是衣食住行，对我们的政治、宗教、艺术及工业等形态也一定会产生广泛的影响。不难想象，东方将是另一番景象，我们完全能够开创一个不同的天地。举个浅近的例子，我曾在《艺术春秋》杂志撰文对钢笔和毛笔进行比较，说假如钢笔过去是由日本人或中国人发明的，那么笔端一定不会采用钢笔尖，而是做成毛笔头；墨水也不会用那种蓝色，而是近乎墨汁一样的液体，设法使其顺着笔杆向毫端渗流。如此一来，西式的纸张也不便于使用了，即使大量生产，也必须是纸质与和纸①或改良半纸②近似的纸张。纸张、墨汁和毛笔进步显著的话，钢笔和墨水就不会像今天这样流行了，罗马字论③之类也就不可能甚嚣尘上，普通大众自然也更加钟情于汉字和假名。不止如此，我们的思想和文学或许也不会如此一味地模仿西方，而是朝着更具独创性的新天地突飞猛进吧。如此想来，哪怕小小的文房用具，其影响所及也是无限广袤的。

我很清楚，以上种种只是小说家的空想，时至今日已经不可能返回从前再重新来过。因此，我所说的只不过是纸上空言，发发牢骚罢了。虽说是牢骚，但并不妨碍我们好好想一想，跟西方人比起来我们多么吃亏。简而言之，西方是沿着应有的方向发展至今日，我们却是遭遇优秀的文明而被动地接受它，但使得我们走向与过去数千年的发展进程完全相左的另一个方向，由此产生了各种问题和麻烦。当然，假如我们被历史弃之不顾，今天也许和五百年前一样，物质方面绝不可能取得大发展。如果现在去中国和印度的乡村看看，那里恐怕依旧过着同释迦牟尼和孔子时代相差无几的生活吧。可尽管如此，他

---

① 和纸：采用楮树、结香（三桠）、雁皮（剪夏罗）等植物的韧皮纤维为原料制造及传统工艺漉制而成的纸张，传统造纸技术约7世纪初自中国传入日本。

② 改良半纸：日本明治末期在骏河半纸的基础上经漂白而制成的一种书写用纸。旧时使用楮树为造纸原料，后因原料匮乏，首先在骏河地方用结香为原料制成表面粗糙略带黄赭色的纸，称为"半纸"，江户时代盛行开来。

③ 罗马字论：日本自明治时期起少数知识分子倡导用罗马字取代假名和汉字表记和书写，南部义筹和西周先后上书鼓吹"罗马字国字论"，但都未得逞。二战后驻日盟军总司令部指使"美国教育使节团"发表报告书，以日语中使用大量汉字，学习困难，妨碍民主化进程为由，主张日语改用罗马字表记，后经调查发现日本民众识字率极高，该方案遂没有施行。

们毕竟选择了合乎自己性情的方向，虽然缓慢微小但在持续不断地进步，有朝一日也许不需要舶来之物就发明出真正切合自己国情的文明利器，取代今天的电车、飞机和无线电。举个简单的例子，就以电影来说，美国、法国和德国的明暗与色调就不一样，演技和角色姑且不论，仅就摄影而言也带有国民性差异，即使使用同一种机器、显影剂和胶片，结果仍然如此。假设我们也有自己独有的摄影技术，我们的电影会多么合乎我们的皮肤、容貌和气候风土啊。还有留声机和收音机，倘若由我们发明，就能制造出能够更好表现我们的声音和音乐特色的东西来。我们的音乐本来是安矜有节的，以精神性为本位，但灌录成唱片或用扩音器高声播放，就失去了大半魅力。说话艺术也一样，我们说话声音轻柔，语词较少，最能展现语言力量的便是"板眼"，然而通过机器播出来，这种"板眼"就彻底失去了生气。于是，我们本欲迎合机器却反而糟蹋了我们的艺术。至于西方人，因为机器原本就是由他们发明制造出来的，自然适合展现他们的艺术。在这一点上，我们着实吃了不少亏。

据说纸这东西是中国人发明的。对于西洋纸，我们只当它是实用品，除此以外没有任何感觉，然而看到中国纸和日本和纸的肌理，就会感到其中透出一种温郁，心神顿时宁定下来。同样是白，西洋纸的白与奉书纸①和白唐纸②是不一样的。西洋纸的肌理感觉会反光，奉书纸和白唐纸的肌理则细密柔静，犹如初雪的表层，酥绵

① 奉书纸：一种用桑科植物的纤维加米糊糊或白土后手工抄制的高级日本纸。
② 唐纸：中国传入日本的纸以及其后日本仿制的纸的统称，用白胡粉（牡蛎壳研制成的白色颜料）、云母粉等印制出各种花样，质厚而柔软，多用于装饰。

地将光线含吮其中，手感柔韧，折叠无声，感觉就如同手触树叶一般，静适而娴雅。说到底我们一见到烁烁发亮的东西就会感到心神不宁。

西洋人的餐具也有用银、钢和镍制作的，打磨得明光锃亮，但我们厌嫌那种灿亮的东西。我们有时也用银制的水壶、茶杯、酒铫等，不过不会像那样打磨。相反，我们喜欢光亮渐失、有年代感、黑乎乎带有宿垢的银器。不管何处家庭都会发生这样的事情：没有经验的女佣将好不容易用出垢迹的银器擦拭得光亮如新，却反遭主人斥骂。近来，中国料理的盛器大都采用锡制品，大概中国人喜爱那种古色古香的东西。新的时候跟铝制品相似，并不觉得有什么好，但中国人用起来，必定会让它变得富有年代感，富有雅趣。其表面若是镌刻有诗文的话，也要同器皿表面的乌黑纹理一样，以保持协调。也就是说，一经中国人之手，即使是轻薄灿亮的锡金属，也能够变得像朱砂一般深沉而厚重。

中国人还爱玩玉。这种石块稍显凝浊，从深幽奥隅透出朦胧微芒，仿佛由数百年的古老空气凝聚而成，能够从它身上感受到无穷魅力的，大概只有我们东方人吧。既没有红宝石、绿宝石那般的色彩，也没有钻石那样的辉光，玉石究竟什么地方值得人们喜爱呢？这叫人很难理解。可是当看到那凝浊的肌理，这石块宛似中国的感受油然而生。联想到拥有悠久历史的中国仿佛将其文明的鸿爪鳞屑都凝聚在这厚重的凝浊之中，便似乎能够颔首理解中国人之所以酷爱这样的色泽和物质，并不足为怪了。

近来，日本从智利大量进口水晶等，较之日本自产的，智利水晶过于清亮剔透了。过去，甲州①出产的水晶通透中含有淡淡的云雾状包裹体，尤其是有一种名叫鬃晶②的水晶，晶体内含有不透明的固体物，却是人们最珍爱的上佳之品。即使是普普通通的玻璃，经中国人之手制成的"乾隆玻璃"，虽称为玻璃，实则更近似玉或玛瑙。玻璃制造技术很早就为东方人所知晓，但并没有达到西方那样的先进程度，反而倒是制瓷技术进步显著，这无疑与我们的国民性大有关系。

我们不是一概厌嫌亮闪闪的东西，但较之肤浅、灿亮的器物，更喜欢沉郁黯淡的器物。无论天然宝石也好人工器物也好，那光泽都必须是枯黯润厚的、能够令人联想到年代感的光泽。"富有年代感的光泽"听起来很好听，其实说白了就是手垢渐渍产生的光亮。中国有"手泽"一词，日本有"积渍"一说，意思是人的手长年累月摩挲同一个地方，脂腻沁入，自然而然出现潮润的光泽，换言之，无非还是手垢。看来，除了"风雅即清寒"，"俗物亦风雅"这一警句也可同时成立。总之，我们所喜好的"雅致"里含有若干不洁不卫生的成分，这是无法否认的。西方人对污秽恨不能连根刨出彻底清除，相反，东方人却将其珍重地保存下来并美化之。说句强词夺理的话，从因果关系看，我们喜爱附着了人的体垢、油烟、风雨尘渣的东西，乃至能使人联想到这些东西的色彩和光泽。被这样的建筑和器物包围着，我们就会不可思议地心神宁定下来。

于是我时常想，日本的医院既然是面对日本患者的，墙壁颜色、手术衣以及医疗器械等，假如不弄得那么白煞煞、亮晃晃的，改成颜

---

① 甲州：日本旧时甲斐国的别称，即今日山梨县。

② 鬃晶：一种晶体内含有针状、发状或纤维状矿物质包裹体的无色透明水晶，用肉眼从晶体表面看似状似纤草。

色稍沉静一些、色调稍柔和一些的可不可以呢？倘若墙壁改成——比如砂壁①，患者可以躺在日式房间的榻榻米上接受治疗，肯定能让患者安定情绪。我们之所以不愿意去看牙医，一是因为听到那咯吱咯吱的响声，再一个就是因为亮晃晃的玻璃器物或金属器械太多，使人不由产生害怕。我神经衰弱得厉害时，一听说主治牙医是从美国回来的，拥有许多最新设备，反而寒毛耸立，转而到乡间小镇的牙医那儿去就诊。那个手术室就设在古旧如昔的日式宅子里头，看上去似乎有点跟不上时代了。陈旧的医疗器械当然不值得称许，但假设现代医疗技术发源于日本的话，那些与患者打交道的设备或医疗器械多少会设计得与日式房间更协调一些吧。这也是吸收外来文明给我们带来的遗憾之一。

京都有家叫"草鞋屋"的著名餐馆。这家餐馆最享盛名的是，迄今为止他家的房间都不装电灯，而是使用古朴的烛台。可是今年春天，我再次走进这家久违的餐馆一看，却不知何时用上了钟罩式的电灯。问什么时候改成这样子的，回答说是去年。"很多客人反映，蜡烛的光亮太暗，没法子，只好改成这个样子。有的客人反映还是以前那样子好，我们就照旧为他端上烛台。"我可是专为重温古趣而去的，所以请他们换上烛台。当时我的感觉是，日本的漆器之美，只有在这种朦胧的微明中才能真正得以展现。草鞋屋的客室都是雅致的四席半小间，门框立柱和天花板等泛着黑黝黝的光亮，使用钟罩式的电灯仍感到昏暗，再换成更暗的烛台，烛光摇曳。我凝视着烛影里的菜

---

① 砂壁：将天然沙子、砾石、玻璃碎屑或贝壳粉和金属粉等着色之后，伴以淀粉和鹿角菜等海藻制成的浆料刷涂在墙面而成。

肴和盛器，蓦然发现这些漆器盛器仿佛有了玉沼般的深幽、厚密，有了截然不同的魅力。我终于明白，我们的祖先之所以会发明漆这种涂料，并喜爱漆器上的光泽，绝非偶然。听朋友沙卢瓦尔说，印度直到今天仍不屑用瓷器作餐具，多数人家还是用漆器。我们却相反，只要不是茶会、重大仪式等，除了盛米饭和汤汁的碗之外，用的几乎都是瓷器，用漆器好像就被认为土气、缺少雅趣。之所以会有这种感觉，原因之一或许是采光和照明设施造就的"光亮"引起。事实上可以说，若没有"暗"这个条件，漆器的美就无法显现出来。虽然如今还出现了一种白漆，但自古以来，漆器的底色唯有黑、褐、红，这是一重重"暗"堆积而成的颜色，又是被包裹于四周的黑暗当中必然会产生的颜色。绘有漂亮泥金画的光亮的涂蜡首饰盒、文几、橱架等，看上去总显得花里胡哨，叫人心神难宁甚至感觉俗恶不堪。可假如将包裹着这些器物的空白填满黑暗，且不要在太阳光或电灯光下看，代之以一缕幽光或烛火试试，先前花里胡哨的东西立刻就会变得深幽、古朴和凝重起来。古代的工匠在这些器物上涂漆、绘泥金画的时候，脑子里想象的必定是这种晦暗的屋子，所以竭力追求其在微弱光线下的效果。至于大量地使用金色，应该也是考虑到了其对光线的反射在黑暗中也得以浮漾。就是说，泥金画不适合在光明之处一览无余，它生来就是供人们在晦暗之处一点一点欣赏到其内秀美的东西。那豪华绚烂的画面大半潜隐于黑暗之中，催发着一种难以言状的余韵。而且，那倏闪着幽光的器物，放置于黑暗中看去，映出摇曳的灯影，使人恍悟这静寂的室内不时有丝丝苹风潜至，不由地将人诱入冥想。倘若幽隐的室内没有漆器这东西，那烛影灯光酿染出的曼妙的梦幻世界，那灯烛的轻柔叹息刻镂出的夜的脉搏，其魅力不知要减损几多啊。这就宛似榻榻米上有数道青溪潺湲汇成一方池子，水池漾着湛波，随处泛映着灯影——纤微、碎锦般的灯影，忽明忽暗，时隐时现，在清夜的底色上织就一幅泥金画般的绫罗。

作为餐具，瓷器或许并不算差，但缺少漆器那种含蓄、那分深沉。瓷器拿上手，硬且冷，传热快，不宜盛放热食，而且会发出叮叮当当的响声；漆器则手感轻柔，不会发出刺耳的声响。每当端着汤碗在手上，我特别喜欢掌心感受到的汤汁的重垂感和微暖的温度，那感受仿佛手捧肥肥嫩嫩的初生婴儿一般。汤汁一类至今仍沿用漆器作为盛器是很有道理的，瓷制盛器就不可能有这种感受，最要命的是，揭开碗盖的瞬间，汤汁的料与颜色已经一览无余了。而漆器的妙处，正在于揭开盖运至嘴边这个过程中，端详着与盛器颜色几无分别的液体无声沉淀于幽深碗底时的那种感受。虽然肉眼分辨不出碗底的幽暗之中有什么，但掌心能感觉到汤汁在柔缓地漾动；碗边挂着些许水滴，由此可知汤汁还在不停地腾着水汽；水汽将汤汁的香味飘送至鼻下，使人在还未啜饮汤汁之前，已经绰绰感到了其诱人的滋味。这一瞬间的感受，与那种将汤汁盛在浅浅白白的瓷盘里的西式做派相比，简直是天壤之别。它有一种神秘感，甚至我想说，它有一种禅味。

汤碗置于眼前，热汤发出吱吱的暗响沁入耳中，我一面倾听着这仿佛远处虫鸣一般的微响，一面沉浸在即将享用的食物的美味之中。每每此时，我总感觉自己像是诣入三昧。据说茶人听到水沸声，会联想到山间的松风，深入无我之境，大概我也是类似感受吧。有人说日本料理不是用来吃的，而是用来看的，我却以为，日本料理不只是看的，更是用以冥想的。这应该是黑暗中倏闪的烛影与漆器合奏的无声音乐作用的结果。漱石先生曾在《草枕》中赞美羊羹的颜色，说起来，那颜色不也极富冥想之色吗？像玉石一样透达而浑沉的表面，饱饫光线一直深吸至芯，从而酿造出如梦似幻般清浅的光泽。那颜色之深沉而复杂，西式点心是绝对见不到的。与之相比，奶油等显得多么浅薄和单调。羊羹盛在漆器果盘里，其颜色与盛器几乎无法分辨，越显暗沉却越发能够惹人冥想。将这种凉滑澄凝的东西含入口中时，感觉仿佛室内的整团黑暗变成了小小一块甘饴，在舌尖上融化。原本并不特别美味的羊羹，此时也平添了一种别样的甘醇。

说到料理，不论哪个国家，大概都会想方设法使菜肴的色泽与餐具、墙壁的颜色协调起来，而日本料理，假使在明亮的场所用白晃晃的餐具盛着吃的话，老实说食欲会减掉一半。就以我们每天早晨喝的浓酱汤来说，细究其颜色，便知道它也是从昔日暗乎乎的民家里演进而来的。我曾受邀参加一次茶会，席上端出一道酱汤。若在平时，我便毫无感觉地喝下去了，但当时端详那褐土般的浓浓汤汁，烛光憧憧下沉淀在黑漆碗里，那颜色着实让人感觉是那么富有内涵，那么鲜美。另外，说到酱油，上方地方在吃生鱼片和腌菜时会使用一种名叫"大豆酱汤"的浓质酱油当佐料。那黏稠而有光泽的汁液看上去极富内涵，又与"暗"非常协调。即使是淡酱汤、豆腐、鱼糕[①]、山药汁、白肉鱼[②]的生鱼片等发白的东西，周围若是亮晃晃的，其颜色也会消沉下去。特别是白米饭，盛在黑黝黝亮漆漆的饭锅里，置于暗处，不光

---

① 鱼糕：将鱼肉磨碎，加调味后加热制成的一种日式熟食，形状像圆筒。
② 白肉鱼：肉身为白色的鱼，如鲷鱼、鲽鱼、比目鱼等。

看着好看，还能刺激食欲。揭开锅盖，刚刚煮熟的白米饭腾起一股热气，盛入暗色的盛器，看着粒粒白米宛似珍珠般泛着油光——凡是日本人谁能不觉得米饭的珍贵？如此想来便不难明白，我们的料理总是以幽隐为基调，与"暗"有着难以割绝的关系。

我对建筑完全是门外汉。据说西方教堂的哥特式建筑，又高又尖，其屋顶直冲云天而富有美感；与此相反，我国的寺院首先在建筑顶上覆压着一架巨大的翚甍，其下伸展出宽博的四檐，将整座建筑收纳于阔大幽深的宇荫之中。不仅寺院，就连宫殿、庶民住宅，尽管有的铺瓦，有的葺草，但从外看去最惹眼的必是高大的屋顶，以及屋檐下飘散的浓密黑暗。有时候，即使白昼，屋檐下也游漾着洞穴般的黑暗，出入口、门扉、墙壁和柱子都几乎看不见——无论知恩院①、本愿寺②那样的宏伟建筑，还是草野茅屋，全都一样。过去大多数建筑，屋檐以下部分与屋脊相比，至少看上去，屋脊显得厚重、高耸，面积更大。我们在营造居室时，就是这样首先张开屋脊这把大伞，大地上遮出一廓阴翳，然后在这昏暗的阴翳中造房子。当然，西式房子也不是没有屋顶，但与其说为了遮蔽阳光，毋宁说主要是为防雨露，尽量减少阴翳，同时最大限度地让屋子内部能够晒到阳光，看其建筑外形就能领会此用心。如果将日本建筑喻作一把伞，则西式建筑顶多只是一顶帽子，而且就像鸭舌帽一样，帽檐窄小，阳光可以直射檐端。要说

---

① 知恩院：全称华顶山大谷寺智恩教院，位于京都市东山区，为净土宗总本山，建筑宏伟，内有德川家康生母的灵位。

② 本愿寺：位于京都市下京区，净土真宗的本山，分为东西两寺，西本愿寺为本愿寺派本山，东本愿寺为大谷派本山。

日本建筑的檐头之所以深长，恐怕与气候风土、建筑材料以及其他多种因素相关，例如不使用砖瓦、玻璃和水泥之类的建材，要防御从侧面横扫过来的风雨，就必须把屋檐造得又长又深。其实就是日本人也明白，明亮的居室要比黑暗的更便利，但不管怎么样，结果却只能那样造房子。

所谓美，从来是在生活实践中发展起来的。我们那情非得已而生活在黑暗居室里的祖先，不知何时从阴翳中发现了美，并最终演变为主动利用阴翳以实现审美目的。事实上，日本居室的美全依阴翳的浓淡而生，除此以外没有其他秘诀。西方人看到日本居室，震惊于其简素。诚然，他们能够看到的只有灰色的墙壁，没有任何装饰，这是因为他们不理解阴翳的奥秘。不仅如此，我们甚至还在阳光本来就难以射入的居室外面，或加宽屋檐，或搭建檐廊，更加避离阳光。至于室内，则利用纸隔扇，让庭院里反射进来的光线透过它轻悄幽柔地潜入。我们的居室之美，要点便在于巧妙利用这间接的微光。为了使这种无力、静寂而脆弱的光线能够悄然沁入居室的墙壁，还特意将墙壁刷成色调柔和的砂壁。库房、厨房、走廊等处使用亮色的涂料，但居室的墙壁几乎全都是砂壁，使之不甚明亮。若过于明亮，那微弱光线所形成的阴翳就会消失。那些散逸室内、倏闪不定的外光附于昏暗的墙面，艰辛地保存其余命，我们偏偏喜爱这纤弱的微明。对我们来说，这壁上的微明或者说晦暗比任何装饰都美，百看不厌并感铭于心。因此，砂壁自然要用素色的单一颜色粉刷，为的是不破坏壁上的微明。各个居室的颜色稍有差异，但差异何其微小——与其说是颜色差异，莫如说是些微浓淡之别，或者说仅仅是观者的感受不同而已。砂壁颜色的些微差异，又给各个居室带来不同色调的阴翳。尤其是，我们的居室内还有壁龛这种构造，悬着挂轴，摆着插花。这些挂轴和插花除了自身的装饰作用，更主要是用来增减阴翳的层次。即使悬一卷挂轴，首先讲究的也是挂轴与壁龛墙壁的协调，即壁龛的整体效果。我们对挂轴装裱的重视不亚于对构成挂轴主要内容的书画之巧拙的重视，其实也是出于同样的原因。整体效果不佳，则不论是多么有名的书画，挂轴也将失去其价值。相反，有时一幅书画作品，独立来看虽然称不上杰作逸品，但悬挂在客室的壁龛，同屋子非常协调，使挂轴和客室都骤然变得让人眼睛一亮。这种书画自身难称上乘的挂轴，何以能够实现与居室协调一致呢？通常是纸张、墨色以及裱装等各个细节的古色古香，这种古色与壁龛以及客室里的暗度保持了适当的平衡。我们时常参观京都和奈良的名刹，会看到被寺院视为珍宝的挂轴悬挂于深邃的书斋式客厅的壁龛。这些壁龛往往白昼都阴森晦暗，根本看不清挂轴上的图案，只能一面听导游的解说，一面追寻着几近褪落的墨色，大致想象那绘画如何精美。然而模糊不清的古画与晦暗的壁龛却是那般融合协调，图案模糊非但不成问题，反而让人感觉这种模糊不清恰恰最适宜。也就是说，这种场合下的绘画只不过是承受微弱光线富有纵深感的"面"，只能起到和砂壁完全相同的作用。我们选择挂轴时十分讲究年代感和古趣，理由即在于此。年代浅近的新画，即使只是水墨或淡彩作品，弄不好也会破坏壁龛的阴翳。

倘若将日本居室喻作一幅水墨画，纸隔扇便是墨色最淡的部分，壁龛则是最浓的部分。每当看到考究雅致的日本居室的壁龛，便会感叹日本人对阴翳奥秘的理解和对光影的巧妙运用。因为这里面并没有任何特别的陈设，唯用素净的木材和砂壁隔出一块凹入的空间，让射进来的光线在这个空间的各处形成朦胧的影晕。不仅如此，我们凝望着充溢于壁龛上方横木后、插花瓶周围、多宝槅下等角落的黑暗，明明知道并无他物，只是一团阴翳而已，却仍会由衷地从心底感觉到，那儿的空气宁静极了，那片黑暗俨然成为永恒不变的闲寂的领地。如此想来，西方人所说的"东方的神秘"，大概指的就是这种黑暗所具有的令人毛骨悚然的静寂吧。就拿我们自己来说，少年时代凝视阳光照射不到的客室和书斋的角落，就会有种难以形容的恐惧和战栗。这种神秘的肯綮在何处呢？说穿了就是阴翳所施的魔法。假设将角角落落里的阴翳全部逐净，刹那间壁龛就会归于一片空白。我们天才的祖先，随心所欲地遮蔽虚无的空间，使其自然形成阴翳的世界，并在其中生出一种胜过所有壁画和装饰物的幽玄之味。这种技巧看似简单，实际上绝不容易。例如，壁龛旁窗子的形状、横木的纵深、护脚木①的高度等，处处都不难觉察出许多肉眼看不见的苦心。尤其是，当视线触到书斋隔扇上若显若隐的微明，我便会伫立其前，不知不觉忘记了时光的推移。本来书斋这种地方，顾名思义，古来便是读书之处，为此才开有窗子，不知何时却变成了壁龛采光之用。很多时候，与其说是采光，确切说更起到将侧面射入的光线先过滤一下，适当减弱光亮的作用。事实上，映射到隔扇背面的逆光线，看上去多么阴冷、凄寂啊。庭院的阳光钻过屋檐，穿过走廊，好不容易达到书斋，仿佛气血已失，已经没有了照亮物体的气力，至多让纸隔扇泛出一层柔白而已。我时常会伫立在隔扇前，直视着那微明但丝毫不眩目的纸面（宏

---

① 护脚木：即壁龛框，日式房间内壁龛前安置的装饰用横木，起到遮盖地板和壁龛之间接缝的作用。

大寺院建筑内的居室，由于距离庭院很远，光线更弱，春夏秋冬，阴晴雨雪，隔扇上的微明在晨午晚几无变化），看到隔扇一格格窄长的格棂角里好像都积满了灰尘，永远沁入了纸张里头，悉数不落，顿时感到疑讶。这种时候，我忍不住眨着眼睛，怀疑起这梦幻般的微明，仿佛眼前腾起一片雾翳，模糊了我的视力。这是因为，纸面的微弱反光非但无力赶走壁龛里浓重的黑暗，反而被那黑暗弹回，从而呈现出一个让人难以鉴明辨暗的混沌世界。诸位走进这种居室时，是不是感觉屋里游漾的光线异于普通光线，让人会有一种难得的厚重感？还有，待在这样的屋子里是不是会觉得似乎对时间失去了感觉，而岁月就在你不知不觉间悄然流逝，等到走出屋子时自己会不会已变成一个白发老人，从而对"悠久"产生了一种恐惧感？

诸位若是走进这种宏大建筑内部的房间，有没有注意到，外面的光线完全照射不到的幽暗之中，金隔扇、金屏风隔着老远捕捉住庭院里光线的芒尖，然后反射出幻觉般的金光？宛似黄昏时分的地平线，落日向四围的黑暗射出衰弱的金光。这一时刻黄金所表现出的凄绝之美，是我从未领略过的。我一面从其前面通过，一面回望再三，从正面到侧面，伴随着脚下步移，金地的纸面由内而外缓悠悠地向四下散射出光芒。这不是匆促、倏闪的光芒，而是好似巨人变脸，扑簌一下，然后拖了好长间隔，再扑簌散射一下。有时候，分明刚才还仿佛昏昏欲睡地发出涩滞反光的梨皮纹[①]上的金色，一转到侧面立刻又好像

————————
① 梨皮纹：一种泥金画画法，将漆器表面用金粉、银粉涂成斑点状花纹，似梨皮纹，又叫金星泥金画。

灼灼欲燃似的。这样昏暗的角落为何能聚攒如此多的光线？真不可思议。由此，我才明白了古人用黄金为佛像装身、裱糊贵人居室四壁的用意，不由颔首。现代人住在明亮的居室里，领悟不了黄金之美。住在黑暗屋子里的古人，不仅喜爱其耀眼的色相，还深知其实用价值。之所以这样说，是因为在光线微弱的室内，金色绝对能起到反光镜的作用。也就是说，他们并非奢靡无度地使用金箔和金粉，而是利用其反射功能来弥补光线的不足。银及其他金属的光泽很快就会褪落，而黄金这种东西却能历久不失其辉耀，将居室内的黑暗照亮，故而黄金被视为不同凡俗、超绝于一众的金属，其理由也就很好理解了。

前面我说过泥金画是供人在暗处观赏的，由此细想便可得知，不只是泥金画，织锦之类过去常常使用金银丝线，也是基于同样的道理。僧侣披挂的金襕袈裟等，不就是最好的例证吗？如今市街随处可见的众多寺院，大都将正殿装点得亮堂堂以迎合大众。那样的场合只会令金襕袈裟显得花哨刺眼，修行再高的高僧穿在身上，也不会令人肃然起敬。若是参加名刹望寺遵依古法的法事就会感受到，老僧布满皱纹的皮肤、佛座前闪烁明灭的灯火，还有金襕袈裟的质地，是多么协调，平添了多少庄严气氛。同泥金画一样，此时金襕袈裟那华丽的图纹大部分被黑暗所掩匿，唯有金银丝不时熠熠发亮。

或许是我个人的感觉，我以为，没有什么比能乐[①]的演出衣裳更能够映衬出日本人的皮肤。不言而喻，那种衣裳大多华丽绚烂，大量使用金银丝线。穿着这样演出衣裳的演员，不像歌舞伎演员，脸上是

---

① 能乐：日本的传统舞台表演艺术，由室町时代观阿弥和世阿弥父子吸收、集成了田乐及猿乐的表演技艺完成，包括说、唱、舞三大要素。

不敷胡粉的。日本人特有的略带赤色的浅褐色肌肤以及微黄的象牙色面孔，此时得以充分展示其魅力。我观赏能乐，每次总是感触颇深。金银丝与里面带刺绣的衬褂甚是相宜，和浓绿或红褐色的文武礼服、便服之类，还有素白色的窄袖内衣、衬裙裤等也都十分协调。演员是个美少年的话，那细腻的肌肤，朝气蓬勃、容光焕发的面颊，在衣裳映衬下就格外引人注目，有一种不同于女人肌肤的蛊惑人心的魅力——你会情不自禁地颔首：古代大名之所以沉溺于贴身娈童的姿色，道理就在于此啊。歌舞伎历史剧以及舞蹈剧其衣裳之华美不逊于能乐，在表现"性的魅力"这一点上，也被认为远远超过能乐，但两者观赏多了之后，或许会悟出事实恰好与此相反。乍看之时，歌舞伎性感、绮丽，但往昔姑且不说，至少在使用西式照明设备的今日舞台上，那种花哨的色彩很容易流于俗恶，令人观之生厌。衣裳如此，化妆也一样。就算妆化得美，但毕竟是一具造作的假面孔，无实实在在的美感。能乐演员的脸、脖颈、手皆以素肌登台，这样一来，丰艳的姿容都出自其天生丽质，丝毫没有欺骗我们的眼睛。也因为这个缘故，能乐演出时，满座观众看到旦角演员或小生演员不敷脂粉的真面目，也不会感到扫兴。我们唯一感兴趣的是，这些和我们肤色相同的演员，穿上似乎很违和的武家时代的华丽衣裳，那姿容竟如此和谐，简直精妙绝伦。我曾经观赏过金刚岩①先生在能乐《皇帝》中扮演杨贵妃，至今仍难忘怀。我从他袖口觑见的那双手是多么美啊。我一边看着他的手，一边不时省视搁在膝盖上的自己的手。他的手之所以看

---

① 金刚岩 (1886—1951)：本名岩雄，日本关西能乐界大师，创立"金刚流"，在能面及能乐服饰方面造诣颇深。

上去那样美，大概是因为从手腕到指尖整只手掌那微妙的动作，以及技巧独特的手指运控。但尽管如此，那皮肤色中带着的仿佛由内而外透射出来的光泽，又是从哪里来的呢？我为此感到十分讶异。因为，这是一双再普通不过的日本人的手，它的肤色和我放在膝盖上的手没有任何不同。我一而再再而三地将舞台上金刚岩先生的手同自己的手仔细对比，可比较来比较去仍是一样的。令人不可思议的是，同样的手，舞台上的显得特别娇美，而放在我膝上的却平淡无奇。这种情形不只限于金刚岩先生。能乐表演时，肉体露出于衣裳外的只有极少部分，也就是脸孔、脖颈、手掌。演杨贵妃这一角色时，戴上能面，脸孔也被遮掉，就是这极少部分的肌肤，其颜色和光泽给人留下异样的印象。或许是金刚岩先生格外突出，大多数演员的手与普通日本人一样，毫无奇异之处，但依然散发出独特的魅力，这令我们讶异地睁大了眼睛。假使穿戴上现代服饰，这种魅力就不会被观众注意到。我想重申一下，这绝不仅仅是美少年、美男子演员身上才有的现象。举例来说，日常生活中我们不会被一个普通男子的嘴唇所吸引，然而在能乐舞台上，那暗红而莹润的嘴唇，比起搽口红的女人更具有性感的吸引力。这当然是演员为了歌唱而不停以唾液濡湿的结果，但我觉得不单纯是这个原因。童角演员的面颊潮红，红得十分鲜艳醒目。据我的经验观察，穿着底色暗绿的衣裳时这种情形更加显著。皮肤白皙的童角姑且不提，事实上皮肤微黑的童角反而更能衬出面颊的红艳。为什么会这样？因为皮肤白皙的少年红白对比效果过于强烈，盖过了暗色调的戏装，而皮肤微黑的少年面颊呈暗褐色，红得不太显眼，衣裳和脸孔便能够互相映衬，互相增色。暗绿和暗褐两种中间色互相映衬，使得黄色人种的肌肤尽展其长，更加引人注目，我想再没有似这般色调协调而产生出的美艳了。假如能乐也使用歌舞伎那样的现代照明设备，那么所有的美感恐因为炫目的光线而烟消云散。所以，能乐舞台仍能呈现往昔的幽暗，是遵从了必然规律。建筑物等应该能古则古，地板带着自然的光泽，柱子和壁板等泛着黑亮，从屋梁到檐端的黑暗像反扣的大吊钟罩在演员的头上——这样的场所与能乐最相宜。从这点上说，能乐最近得以进入朝日会馆和公会堂演出固然是件好事，不过我觉得它真正的神韵已经丧失大半了。

但是，覆裹着能乐的幽暗和由此产生的美，是个特殊的阴翳世界，如今只有在舞台上才能看到。昔日，这应该是与实际生活相关的，因为能乐舞台上的幽暗就是当时居室的幽暗，能乐戏装的图案和颜色即使较实际略显花哨，但大致也与当时贵族、大名穿着的衣裳相同。每当念及此，我便不由展开想象：比起今天的我们来，古代的日本人，尤其是战国①、桃山②时代身穿华丽服饰的武士显得多么俊美啊！这样想着，我竟陶醉于这种想象之中。没错，能乐以登峰造极的形式展示了我们男性同胞的美：昔日驰骋于疆场的武士，颧骨突出、暴露于风雨中的赭褐脸膛，配上那样底色和光泽的染有家徽的武士服或礼服，那是何等威风凛凛的英姿啊。如此说来，大凡观赏能乐的人多少都沉浸在这种想象中，他们相信舞台上色彩斑斓的世界昔日当真存在过，于是，除了欣赏演员的演技以外，又多了一份怀古幽情。与此相反，歌舞伎的舞台说到底是虚伪的世界，同我们的由来之美毫无关

---

① 战国：指应仁之乱（1467）至织田信长死于本能寺之乱（1582）这段时期。

② 桃山：指织田信长死后至丰臣秀吉完成全国统一这段时期，前后二十年，因丰臣秀吉在桃山建伏见城而得名。

系。男性美自不待言，即使女性美，也无法叫人相信昔日的女子就像今天舞台上看到的样子。能乐的旦角佩戴面具，虽然远离现实，但歌舞伎的旦角同样没有实感，这完全是因为歌舞伎的舞台过于明亮。在没有现代化照明设备的年代，靠着蜡烛和手提油灯的微弱光线，那时歌舞伎的旦角或许更接近现实吧。要说起来，现代歌舞伎没有出现过去那样洋溢着女性美的名旦，未必是演员素质和容貌之故。倘使让过去的旦角站在今天明晃晃的舞台上，男性化的生硬线条绝对会显得特别扎眼，而在以前却可以借着幽暗很好地遮掩掉。我观赏晚年梅幸饰演的阿轻，痛切地意识到了这一点。损毁歌舞伎美感的正是无用而过度的照明。听大阪的一位内行人说，文乐①的偶人净琉璃一直到明治之后很久仍旧使用油灯，那时候远比现在更富韵致。我以为较之现在的歌舞伎旦角，倒是文乐中的偶人更有实感。可不是么？在那昏暗的灯光照射下，偶人特有的生硬线条消失了，刺眼的脂粉反光也被模糊掉了，显得美艳柔和。想象着那时候优美的舞台，我不由感到阵阵凄寒。

众所周知，文乐戏中旦角偶人只有脸和手，身体和双足都裹在裙裾长长的衣裳里面，操纵偶人的演员只需将自己的手套在里面做出各种动作就行了。在我看来，这样反倒最接近实际，因为过去的所谓"女人"是只有脖颈以上和袖口以下部分的存在，其余都掩藏在黑暗中。那个时代，中层阶级以上的女子很少出门，即使外出也是躲在车

---

① 文乐：日本古典戏剧形式，由偶人师手操偶人在舞台上表演。净琉璃本是用三味线伴奏的一种演唱形式，江户时代与偶人剧和歌舞伎结合，成为一种大众娱乐形式，获得广泛传播。

轿深处，不会让自己暴露街头。可以说，她们基本上都生活在昏晦的深闺里，钿笼垂帘，不管白昼黑夜都藏埋于黑暗之中，只有那张脸显示着其存在。因此，跟现代比较起来，当时的装束也是男子的更华美。以前幕府时代商户人家的女儿、妻子简朴得令人吃惊。这是因为，衣裳对她们来说不过是黑暗的一部分，至多是黑暗与脸孔的过渡。铁浆法①之类的化妆法，究其目的，就是将脸孔以外的空间都填满黑暗，甚至连口腔这点空间也不漏过。现如今，不到岛原②角屋那种地方，是无法目睹这种女性之美的。然而，我只要回忆起幼年时代，在位于日本桥的家里就着庭院的微亮做针线活的母亲的面影，多少便能想象出过去的女子是什么样子。那是明治二十年代，当时东京商户人家的居室也都很昏暗，我母亲、伯母以及其他亲戚——凡上了岁数的女子，大都牙齿上敷着铁浆。至于衣裳，日常穿什么样的衣服我已不记得，但外出时经常穿一身灰色的碎花衣裳。母亲身材矮小，不足五尺——当然不光母亲，那时的女子一般都这么高。说得极端些，她们几乎没有胴体。对于母亲，除了脸和手之外，我就只朦胧记得她的脚，却全无胴体的记忆。由此想到，那中宫寺观世音的胴体，不就是往昔日本女子典型的裸体像吗？那安着一对纸一般扁平的乳房、仿佛平板一块的胸脯、比胸脯更加瘦削的腹部，还有没有任何凹凸的平直的脊柱、腰线和臀线。整具胴体与脸、手脚比起来极不相称，又瘦又

---

① 铁浆法：将煮沸的铁屑浸入浓茶制得的一种黑色染料，加入醋、酒、糖以及五倍子粉等混合后涂于牙齿上，长期使用可使牙齿变黑。日本古代妇女有黑齿的习俗，中世纪时在公卿大夫和上层武士中也极为普遍。

② 岛原：古代日本的勾栏街，文人雅士汇聚之地，原位于京都二条柳马场，后迁至六条三筋町。

细，没有厚度。与其说是胴体，更像是一截上下一般粗细的木桩，昔日女子的胴体不全都是那样的吗？即使是今天，极端守旧的家庭的老夫人或者艺妓身上，仍时不时会见到那样的胴体。看到她们，我就联想到偶人身体内的杖头。事实上，那样的胴体就是一杆裹着衣裳的仗头，除此以外什么也不是。组成胴体的素材是数层重叠缠缚在一起的衣和棉，脱去衣裳，就宛似偶人一样只剩下一杆丑陋的杖头。但在昔日，那样子是完全没有问题的，因为对生活在黑暗中的她们来说，只要有一张惨白的脸孔就行了，胴体没有必要。那些为现代女性明丽的胴体讴歌的人，想来很难想象得出那种幽灵似的女性美。或许有人会说，借昏暗的光线营造出来的所谓美并不是真正的美。然而正如前面已经论述过的，我们东方人就是善于从一无所有中创造出阴翳，创造出美来。古歌有云："耙草结柴庵，散落还野原。"我们的思维方式就是如此。美并不存在于物体本身，而是存在于物体与物体所产生的阴翳的图像和层次之中。夜明珠置于暗处方能放出异彩，宝石暴露于阳光下则顿失魅力，同样道理，离开阴翳的作用，美也就不存在了。我们的祖先将女人视同泥金画、螺钿之器，是与黑暗不可隔分的物件，故而尽量将其整个置于阴翳之中，以长袂长裾紧裹手足，仅使某个地方——头颅显露出来。可不是吗，那具极不匀称的扁平躯体，同西方女人比起来一定很丑陋，然而我们并不考虑眼睛看不见的东西，看不见就当作没有。倘若有人硬要见识其丑陋，就如同使用上百烛光[①]的电灯去照亮客室壁龛，自己将那里的美赶跑了。

---

① 烛光：日本对电灯泡功率单位的俗称，即瓦。

可为什么唯东方人才有如此于幽隐中追求美的强烈倾向呢？西方也经历过没有电、煤气和石油的时代，孤陋寡闻的我不知道他们有没有喜爱阴翳的癖好。据说自古日本的妖怪是无足的，西方的妖怪有足，同时全身透明。由这类小事便可知道，我们的想象中通常都有一个漆黑的世界，而他们却连幽灵都想象成玻璃般通透。其他一切日用工艺品，如果说我们所喜欢的是阴翳堆积出的颜色，那么他们所喜欢的就是光线重合而成的颜色。银器、铜器也一样，我们爱其锈涩，他们却视之为不洁不净，将其打磨得锃亮；居室内的天花板和四周墙壁也粉刷得雪白，尽量不留阴暗处；建造庭园也是如此，我们密植树木形成绿色篱笆，他们则是造设平坦的草坪。这种嗜好的差异是因何而生的呢？想来我们东方人历来具有从自己所处的境遇中寻求满足、安于现状的气习，对阴暗并不会觉得不平，而是认为那是不得不尔之事势，于是坦然接受，还沉潜于阴暗中，发现自然形成之美。然而富于进取心的西方人，总是企望更好的状态，由蜡烛到油灯，由油灯到煤气灯，由煤气灯到电灯，不断追求光明，苦心孤诣消灭哪怕些微的阴暗。或许的确有这种气习相异的原因，不过我想可能也源自肤色的差异吧。我们古代同样认为白皮肤比黑皮肤更高贵，更美，然而白皙人种所说的白和我们所说的白总有些不同。挨近每个个体看，既有比西方人更白的日本人，也有比日本人更黑的西方人，但那种白和黑的情形是不一样的。以我的个人经验而言，我从前住在横滨山手町，和侨居当地的外国人朝夕一同行乐。到他们出入的饮宴场和舞场去玩的时候，从旁边看，我并不觉得他们怎么白，但站在远处一看，他们与日本人的差别便一目了然。日本人当中，也有些妇人穿着比他们毫不逊色的晚礼服，皮肤甚至比他们更加白嫩，但这样的妇人哪怕只夹杂了一个在他们中间，远远望去，立即就能区分开来。这是因为，日本人不论多么白皙，白中总有那么些许阴翳。于是，这种女人为了不输给西方人，从后颈到臂膀到腋下，凡是露出的肌肤都涂上厚厚的白粉。即使这样，沉淀于皮肤基底的暗色依然无法褪去，宛似清冽的水底沉淀着污物，居高临下一看，尽入眼底，十分醒目。尤其是指间、鼻翼、颈项、背脊等处，总会现出乌黑的暗影，仿佛积着尘垢一般。西方人表面看似杂污，实则底里透明，全身不覆些许暗影，从额头到指尖毫无杂质，白得清莹，白得洁净。故此，我们若夹杂于他们的聚会中，宛似白纸上渗出一滴淡墨，即使以我们的眼光来看，也显得很刺眼，令人心情不悦。由此，过去白种人排斥有色人种的心理也就不难理解了。白种人中有些神经质的人，对社交场里的一丁点污黩——哪怕一两个有色人种，也会耿耿于怀。其实说起来，现在情形如何不得而知，但过去迫害黑人最甚的南北战争时期，白种人的憎恶和蔑视不仅针对黑人，还旁及黑人与白人的混血儿、混血儿之间生下的子女、混血儿与白种人的混血儿等。二分之一混血儿、四分之一混血儿、八分之一混血儿、十六分之一混血儿、三十二分之一混血儿……只要混杂有点滴的黑人血脉，他们都要一追到底，加以迫害。乍看与白人无异，只不过两三代以前的先祖中有过一个黑人，白净的肌肤中潜藏了一丁点色素的混血儿，也难逃过他们执拗的眼睛。这样一想便明白了，我们黄色人种与阴翳有着多么密切的关系啊。既然人人都不想置自己于丑恶中，那我们对衣食住方面尽力使用色调黯淡的物品，将自己潜藏于幽隐的氛围中，也是顺理成章的事情。我们的先祖并未意识到他们的皮肤里有暗色素，更不知道还有更白皙的人种存在，因此只能说，他们对颜色的嗜好源于天生的感觉。

我们的先祖将明媚的大地分隔成上下和四方，创造出阴翳的世界，将女人藏于幽暗之中，或许深以为是世上最白皙的人吧？因为肌肤白皙是女性美不可或缺的最高条件，这样做未尝不可，除此以外也别无他法。白人的头发呈亮色，我们的头发却是暗色，这是大自然教给我们的关于暗的法则，古人下意识地遵从了这条法则，知道如何使黄脸孔显得更白皙。我在前面提到过铁浆法，古代女子将眉毛剃去不也是突显面部的一种手段吗？最令我称奇的是那闪着金花虫般明绚色彩的雪青色口红，如今连祗园的艺伎都几乎不再使用这种口红了，若是不将其想象成倏闪摇曳的烛火，就无法理解那种淡紫色中暗含的魅力。古时的女人故意将红唇涂抹成青紫色，头上再嵌以螺钿饰物，便彻底夺走了面孔上丰艳的血色。我想象着华美的灯烛下，幽幽的光影中，年轻女子鬼火般的青唇之间，不时闪着黑漆漆的牙齿嘻嘻作笑的样子，就再也想不出比这更白皙的面孔了。至少在我脑海中描摹的幻影世界里，这比所有白人女子都要白。白人的白，是透明、浅显的寻常之白，但这却是一种不食人间烟火的白，或者说，这种白实际上根本不存在，它仅仅是光和阴翳罗织出的把戏。或许只是一种权宜之举，不过，我们觉得这样就行了，不再抱更多的祈望。在想象这种惨白面庞的同时，我还想就覆裹着这面庞的暗色略略说上几句。记得数年前，我曾陪伴东京的客人到岛原角屋游逛，看到一种难以忘怀的黑暗。那是在后来因火灾烧毁的"松之间"那宽敞的大厅里。偌大房间在几盏微弱烛台映照下的昏暗与小屋子里的昏暗是不一样的。当我走进大厅时，一位剃了眉毛、铁浆涂齿的年长女招待，在大屏风前放置好蜡烛，随后正襟跪在榻榻米上。此时大约只有一两蓆①大小的地方是明亮世界，屏风后唯见又高又浓的黑色，仿佛就要从天花板倾落下来。摇曳不定的烛火似乎穿不透这厚厚的黑暗，撞到黑色幕墙上又弹了回来。诸位，你们见过这种"灯台下的黑暗"吗？这与夜路的暗是不同的物质。它看上去宛似一粒粒细如灰粉、闪烁着虹色辉光的微粒铺洒而就。我担心会不会飞入眼睛，不由自主眨巴起眼睛来。如今一般时兴缩小客室的面积，多隔成十蓆、八蓆、六蓆的小间，点起蜡烛也看不见那种黑暗。古时候的宫殿和妓楼等大都屋顶高敞、廊檐宽阔，几十席的大房间也很常见，想必屋内始终笼罩在浓雾般的昏暗中吧，那些贵人贵妇们便浸渍在这昏暗的灰汁里。我曾在《倚松庵随笔》中写过那些往事，但现代人习惯电灯的光亮已久，忘记了曾经有过这种黑暗。尤其是屋内这种"可视的黑暗"犹如雾气氤氲，容易引起幻觉，有时候比室外的黑暗更可怕。所谓鬼魅妖怪群魔乱舞，大概就是在这种黑暗中现影的吧，而重帐低垂，深隐在屏风与隔扇后面的女人，不也是魔鬼的眷属吗？也许，黑暗将这些女人十重二十重地覆裹起来，填满了颈项、袖口以及襟裾等各处空隙。不，说不定黑暗反倒是从她们的肢体，从那染着黑齿的口中和黑发的端梢喷吐出来的——就像土蜘蛛吐丝那样。

早年武林无想庵②自巴黎归来，说起东京、大阪的夜晚比欧洲城市还要明亮。巴黎的香榭丽舍大街正中还有点油灯的人家，而日本除

---

① 蓆：日本传统的和式住宅以蓆为单位表示居室面积，一蓆即一张榻榻米，标准为长180厘米，宽90厘米，面积约1.62平方米。

② 武林无想庵（1880—1962）：本名盛一，日本明治时期小说家、翻译家，著有《性欲的触手》《文明病患者》，并翻译法国作家左拉的《土地》及都德的《萨福》等。

非跑到边鄙山坳，几乎找不到一户这样的人家。恐怕全世界使用电灯最奢侈的国家就数美国和日本了。日本无论做什么都要学美国的样。无想庵这话还是四五年前说的，那时霓虹灯饰尚未流行。下次他再回来，看到城市越来越明亮，一定会吃惊不小。从《改造》的山本社长那里还听到过另一件事：社长曾经陪同爱因斯坦博士游览京阪，途中火车经过石山时，博士望着车窗外的景色说："啊，那个地方太浪费啦！"问其缘由，原来是那一带电线杆上大白天还亮着电灯。"博士是犹太人，所以对这种事情特别计较。"山本先生解释道。美国姑且不论，跟欧洲相比，日本用起电灯来毫不节俭似乎确是事实。

说到石山，还有一桩怪事。今年秋天，我曾经为了去哪里赏月而绞尽脑汁，考虑再三，最后决定去石山寺。到了十五的前一天，报纸上登出一条消息：石山寺明晚将在树林里设置扬声器，播放《月光奏鸣曲》唱片，为赏月的客人助兴。我看到后，立即中止了石山之行。不光是扬声器令我生厌，而是想到照这样做法，届时山上会不会到处饰满了彩灯，弄得热闹非凡呢？记得以前我也有过因故取消赏月的经历。那是某年八月十五夜，我打算到须磨寺的湖中划船观月，于是约上同好，提着饭笼前往。赶到那里一看，湖的四周缀满了五彩灯饰和花篮，虽有月亮却也失去了光辉。想来想去，这似乎是因为我们近来对电灯早已麻木，对照明过剩引起的不便出乎意料变得钝感了。

不计较赏月场所也罢，但是酒场、餐馆、旅舍、饭店等，总的来说，电灯的使用过于浪费。或许因为要招徕客人多少有此需要，但夏季天还亮着就打开电灯，既浪费又徒增热量。夏天不管去哪儿，我都会因此而感到扫兴。外头阴凉，屋里热得要命，百分之百是因为电力过强或灯泡过多的缘故。试着关掉几盏电灯，马上就会凉爽下来，但是客人和店主都一直没有意识到这点，真是不可思议。本来室内的灯光，冬天可以稍许明亮一些，夏天应稍暗一些，这样既感觉阴凉，又不招引蚊虫。但是，电灯点多了，温度便升上去了，于是又开电扇，想想都觉得受累。尤其是日本传统居室，热气从旁边散去，倒也还能忍受，饭店的西式客房本来就通风不畅，地板、墙壁和天花板又吸收了热气再从四面反射回来，实在令人受不了。请多包涵，容我举个实例。夏天夜晚去过京都威斯汀都酒店大堂的人，想必跟我深有同感吧。那里高踞在朝北的山丘上，比睿山、如意岳、黑谷塔、森林、东山一带的重峦叠嶂尽收眸中，看着就令人感觉神清气爽，但正因为如此，所以更加可惜。我曾于某个夏日黄昏慕名前往，本来是冲着满楼凉风而去，好置身翠山秀水间享受一下那种难得的舒爽的氛围。孰料去了一看，煞白的吊顶上到处缀满了乳白色玻璃罩子，明晃晃的电灯泡垂悬其中，射出炽灼的热光。近来的西式楼馆吊顶都低，这些电灯就仿佛火球在脑门上方晃悠。何止是热，简直五脏六腑都像靠近吊顶的地方一样炽灼，感觉从头顶到脖颈再到背脊都似在火上炙烤。一个火球便足以照亮这片空间，但是竟有三四个这玩意儿悬在头顶。此外，沿着墙壁、柱子还悬垂了好多小灯泡，这些东西除了驱除角角落落的阴影之外，没有任何其他作用。这样一来，大堂里没有一处暗影，视线所及全是白墙、红柱和宛似镶嵌了各种颜色石材的亮丽地板。仿佛刚刚刷制成的石版画映入眼帘，这也让人感觉非常暑热。从走廊进入大堂，骤觉温差悬殊，即使有清凉的晚风灌入，也即刻变成了热风，毫无凉意。那家酒店我曾多次下榻，颇有一些感情，所以我好言向他们提出忠告。事实上，那样一个景色殊绝的形胜之地、夏夜乘凉的最佳去处，毁于电灯实在太可惜。对日本人来说理所当然的事情，不会因为西洋人喜爱明亮便对那种暑热了无怨言，所以最好是减少照明，那样才会得到谅解。这只是众多例子之一，并非只有那家酒店才如此。采用间接照明的帝国饭店自然没有这方面问题，不过我想，倘若夏天时照明再稍稍暗一些就更好了。总之，如今室内照明首先考虑的已不再是读书、写字、做针线之类问题，而变成了费尽心思专门用以消除四角的阴影，这种思维与日式居屋的审美观念势不两立。普通住宅出于经济考虑节约电力，反而做得较聪明，而商户人家，无论走廊、楼梯、玄关还是庭园、大门等，总是照明过多，致使居室和泉石①显得浮浅伧俗。冬天，电灯多了倒是暖和，但夏日夜晚，不论躲到多么幽邃的避暑胜地，只要是住旅馆，总会遭遇和京都饭店同样的悲哀。因此我以为最好的纳凉方法便是窝在自家家里，将四面的木套窗全部敞开，漆黑的屋内吊一顶蚊帐，躲进里头去。

最近，我在杂志抑或是报纸上读到一篇英国老太太发牢骚的报道。她们感叹自己年轻时很尊敬和照顾老人，可如今的女孩子们根本不在乎她们，似乎认为老人是污秽之物，不愿接近，年轻人的风气真是今昔大不同了。我感觉，无论哪个国家老人都会这样说，随着年岁增长，不管什么事情都觉得今不如昔，百年前的老人向慕两百年前的时代，两百年前的老人向慕三百年前的时代，身处任何时代都会对现状不满。另一方面，近来文化急剧进步，加上我国国情特殊，维新以来的变迁恐怕赶得上之前三五百年的了。我这样说，好像也到了以老人口气说话的年纪，煞是可笑。不过如今的文化设施专取悦年轻人，

---

① 泉石：泉水与庭石。日式庭院多引泉水，垒庭石，这里代指庭园。

当下渐渐成了一个对老人不甚关怀的时代却似乎是事实。举个简单的例子，街头十字路口要遵从号令才能通过，已使得老人们无法安心上街。出行乘小汽车兜兜转转的有身份的人当然不成问题，但如我等，偶尔去大阪，从这边穿过马路走到那边就会让我神经紧张。信号灯安装在路口正中还好，如果红绿灯在意想不到的侧旁半空一闪一灭，实在不易看分明。若是很宽阔的岔路口，侧面信号还容易误看成正面信号。我曾经担心，要是京都到处都站上交通警察那就糟了，而如今，想领略纯粹的日本风情，只有到西宫、堺、和歌山、福山那样的城市去才能如愿了。

吃东西也一样，在大都市寻找合乎老人口味的食物实在难乎其难。前些日子报社记者来采访，要我聊聊稀奇美味的食品，我介绍了吉野地方山间僻野农民所食柿叶寿司的制作方法，就在此也披露一下。按一升米对一合酒的比例蒸米饭，酒要在开锅后才兑入，蒸熟后要让它完全冷却，再用手沾盐将米饭捏实，捏的时候手不能带一丁点水汽。秘诀就是只用盐捏。然后将洒盐暴腌过的鲑鱼切成薄片，放在饭上，再用柿叶叶表朝里盖在上面，包裹成团。柿叶和鲑鱼片事先要用干布擦去水汽。然后把寿司桶或普通饭桶洗净晾干，将鲑鱼寿司由小口放进去并码紧，不留空隙，盖上桶盖，压上重石（像腌制酱菜的石块）。今晚腌上，明早即可食用，腌上一整天更好吃，可以吃上两三天。吃的时候用蓼叶撒少许醋。朋友到吉野游玩，觉得这种柿叶寿司非常美味，便学会了制作方法回来又转授给我。不管什么地方，有柿树和腌鲑鱼就能自己做，只需记住：绝对不能有水汽和米饭要彻底冷却。我在家试着做过，果然很好吃。最妙不可言的是，鲑鱼的膏脂和盐恰到好处地渗到米饭里，鲑鱼反而像生鲜的一般，非常柔嫩，和东京的手捏寿司比起来别有风味，特别合我这种人的口味，所以今年夏天吃了好多次这种自制寿司。我很佩服物资贫乏的山里人家竟然能想出这样的腌鲑鱼吃法。听闻了各种各样的乡土料理后，我们发现山里人家的味觉比城里人要灵敏得多，或者从某种意义上可以说，比我们想象的更豪奢。因此，老人们渐渐放弃城市，转而隐居乡间，但乡间街市也都装上了铃兰街灯①，一年比一年更像京都，同样叫人无法安心。现在有一种说法，据说随着科技文明进一步发达，交通工具全部移至空中或地下，街道上就会恢复往昔的安静。但我很清楚，到了那时候，又会出现新的虐待老人的设施。到头来，老人们只得窝在家里，听着广播，捡几筷小菜，喝几口老酒，外头哪里也不能去了。

是不是只有老人才有这样的怨言呢？看来未必如此。最近《大阪朝日新闻》"天声人语"栏的作者，对大阪府官员为了在箕面公园建造车行道，竟滥伐森林，削平山头的做法进行了嘲讽。我读后更加坚定了这种认识。连深山老林中的树影也要剥夺，实在冷酷无情。照这样下去，奈良、京都、大阪郊外的所有名胜古迹，虽然越来越亲民化，但早晚都会变成那样光秃秃一片。

当然，这只是牢骚话，我也深知现今时代来之不易。不管怎么说，日本既然朝着西方文化迈出了脚步，就只能牺牲老人而勇往直前。然而我们必须做好心理准备，只要我们的皮肤颜色不变，我们就势将永远承受由此带给我们的不利。

---

① 铃兰街灯：模仿铃兰花造型的装饰街灯，中间为一盏主灯，四周有八盏小副灯。日本最早于大正十三年（1924）在京都寺町一带开始设置。

我写这些的意思，是觉得在某些方面——例如文学艺术等领域，或许还有抵补这种不利的办法。我想，我们业已失去的阴翳世界，至少可以将其唤回到文学领域来，将文学殿堂的庇檐加深，白壁涂暗，将过于显露的东西掩敛进黑暗中，除掉室内的无用装饰。不要求户户一律如此，哪怕有一家也行。至于要怎样做？不妨先从熄灭过剩的电灯试试吧。

关于"白痴艺术"

那是菊五郎在京都参加例行公演①期间的事情，所以应该是去年的十二月。某天晚上，一众戏曲爱好者于某会所同菊五郎夫妇、三津五郎以及山城少掾等围聚在一起的时候，坐在我旁边的山城少掾在我耳朵边对我说："我与辰野隆先生从未谋面，不过近来辰野先生针对义太夫调②讲了许多坏话，希望你能够写点东西反驳一下……"说这话时，山城少掾的脸上明显露出难抑的愤慨。恰好菊五郎也被辰野抨击过，于是一时间席上尽是关于辰野的话题。我想替多年旧友辩解，弄得汗流浃背却实在无能为力。

　　据山城氏说，他被各种恶言恶语攻击惯了，所以不会过多去想。但那些年轻艺人们则不然，本来潜心笃志打算在义太夫调这条道路上勤励奋进，如今自己热爱的艺术被这样贬责，使得其追求艺术之心顿

---

① 日本歌舞伎传统，每年各剧座的演员新阵容排定之后，全员排演一场大戏以敬谢观众，沿袭至今成为一年一度的传统。东京的例行公演为每年十一月，京都则是每年十二月。
② 义太夫调：日本传统说唱曲艺，净琉璃的一种，因首创者竹本义太夫而得名。表演形式为一人说唱并演绎多个角色，另一人以三味线（偶有以胡弓或筝）伴奏。

生惘惑，奋励之志也有所消沉，那就关乎整个义太夫调的盛衰了，故而他绝不能保持沉默。听他这样解释，我不禁对山城氏的愤慨深以为然，但尽管如此，却终究囿于某些理由，使我无法为了山城氏写反驳文章。于是提出倒不如由我做个见证人，与辰野当面说清楚如何？当然，将他从东京拽来可能难度不小，倘若由报社或杂志社出面主办一次三方对谈的话，问题便迎刃而解。我还附带解释道：辰野这个人原本就是刻薄人，嘴巴厉害，喜欢挖苦人，但有口无心，常常并无恶意而只是逞一时之快随口说说而已，倘若较真起来，岂不反而迎合了对方的心意？不应声，装作没听见，或许更加明智。总之，说了些圆场的话，尽力为双方调停说和。其实我当时内心的真实却是：山城氏堪称净琉璃界的大师，尤其在义太夫调文学方面具有极深的造诣，是艺人中难得的博学之士。他读了辰野的文章自然会生气发怒，但这等层次的名人照理不应该去理会世间臭知识分子那种互相批评攻讦，不管世俗之人说什么都以超然的态度淡然置之，只管埋头于千古一辙的艺术当中。这样做，或许会被认为是落后于时代的艺人的卑弱根性，但要那样说起来，义太夫调本身就是落后于时代的艺术，义太夫调的说唱者不同于电影或新剧演员，将自己闭隔于封建旧世界中，那才是其本分呐。

山城氏和三宅周太郎氏等一干人认为我是文乐的赞美者，故而觉得我应该是义太夫调的理解者，对此我有必要补充说明一下。老实说，我并无资格代山城氏写文章反驳辰野（我爱好文乐，是因为喜欢那傀儡世界中所弥散的梦幻神话要素，这是别个问题了，容日后有机会另谈）。说得再透彻一些，我为山城氏的义太夫调所倾倒，但对义太夫调本身，我的看法可能许多地方与辰野不谋而合。我不知道辰野究竟说了怎样的坏话，不过不用说也能想象个大概。记得将歌舞伎斥为"白痴艺术"的是正宗白鸟氏，辰野的坏话无非也是如此：就"白痴艺术"而言，义太夫调才称得上是本家——大体就是此类坏话吧。说起来，三岁看到老，辰野对义太夫调的嫌恶从少年时代起便已有。辰野和我一起读东京府立一中的时候，即明治三十年代左右，山手①与老城区之间的风俗大相径庭，住在山手圈的家庭一般都瞧不起歌舞伎或净琉璃等源于老城区的戏曲，影响至子女一代，自然形成一种对其不看不听的倾向。像辰野这种从小在山手圈长大的人，不仅是对义太夫调，对所有江户时代的艺术都持蔑视态度。相反，他是个西洋音乐的狂热爱好者，只要是西洋风格的音乐，即使是街头吹打艺人水准的低档东西，他听了也会"热血沸腾"。当时钢琴还不像今天这般普及，只有山手圈极少数上流家庭才会买，普通社会大众尚不解西洋音乐为何物，而辰野自那时起已经是个"洋乐党"了。就在不久前，具体讲是去年秋天，他来我的潺湲亭做客，住了一晚，当醉醺醺的他与我妻子谈起贝多芬的时候，突然手舞足蹈地哼了一大段《第五交响曲》的旋律，令我情不自禁想起四十多年前的他来。当时，同学中时常分成山手和老城两派，争辩不断，我等老城区派对西洋音乐知识可以说一无所知，而辰野则对歌舞伎和义太夫调等完全不了解。记得我曾对他说，我也会唱几个段子，不妨为你表演下，便哼唱起"太十②"中的一句，辰野一知半解所知道的大概仅限于此吧。我也一样，对于西洋音乐究竟是什么样的音乐，只是通

---

① 山手：山手原指东京都内相对于东部沿海区域而言的西部台地区域，多寺庙和武士别墅，后成为都会高档住宅区的代名词。

② 太十：净琉璃《绘本太功记》第十折的通称，内容为明智光秀的母亲皋月以死相迫，规劝光秀回头。

过森鸥外的《天才的故事》①之类文学作品，朦朦胧胧展开想象而已，即使像《流浪者之歌》②这种，曲名在中学时代就已耳闻，但真正聆听则是到了十多年以后津巴利斯特③和艾尔曼④来日演出的大正时代。

前阵子在京都大学的"罗曼·罗兰之友会"，原智惠子演奏了数首文人所喜爱的古典钢琴曲，彼时我被介绍与原智惠子认识，并得机会与她在其下榻的柊屋二楼一间雅室叙谈有顷。当我问她听不听日本音乐的时候，她的回答非常意外，她说因为喜爱义太夫调的三味线，所以也时常观赏文乐，还说尤其喜欢已故道八先生⑤演奏的三味线，道八先生在世时曾数次前去观赏。我又问长调呢？她以一种兴致阑珊的口吻回答说不是很喜欢。想来受西洋音乐熏陶的人，较之长调那样的纤丽柔美，更加钟情义太夫调的高亢有力吧。我又乘兴向智惠子请教道八的三味线什么地方令她喜爱，是其音色还是传达的力量感。不过想到像智惠子这样从小在巴黎度过了十年时光，在法国家庭耳濡目染的现代人，他们之所以被那粗杆三味线发出的声音吸引，或许是因为那

① 《天才的故事》：森鸥外翻译自捷克德语女作家奥西普·舒宾（Ossip Schubin, 1854—1934）的小说，描写一位坚信自己是天才的音乐家的成功与失败。

② 《流浪者之歌》：西班牙小提琴家、作曲家巴勃罗·德·萨拉萨蒂（Pabio de Sarasate, 1844—1908）作曲的小提琴曲，又名《吉卜赛之歌》。

③ 埃弗伦·津巴利斯特（Efrem Zimbalist, 1889—1980）：出生于俄罗斯的犹太人小提琴家、作曲家，1922年起先后五次到日本演出。

④ 米沙·艾尔曼（Mischa Elman, 1891—1967）：20世纪最伟大的小提琴家，出生于乌克兰，曾于1921、1937年两次到日本演出。

⑤ 鹤泽道八（？—1944）：义太夫调三味线的演奏名家，曾先后入二代吉左卫门和丰泽团平门下拜师，后成为一代名家，代表作品有《源平布引泷·松波琵琶段》《寿式三番叟》等，著有《艺十夜》。

音色中蕴涵了日本人如泣如诉的宿命般魅力吧。对我这种明治中期生于东京，少年时代和青年时代几乎全都生活在日本桥或京桥一带老城区的人来说，没有比义太夫调更能催发人乡愁的音乐了。即使不是道八那样的名家，有时在旅途中听到门外响起卖艺人的演奏，也会不由地神思恍惚，可以说完全是一种超越了理性、无法抗拒的乡土之情在起作用。然而，这种恍惚感的余味却不能不说是令人有些不快的，它总是掺杂了近乎令人嫌憎的情绪，就像在乡下观看闹哄哄的杂剧之后，情不自禁落下眼泪，随即转为羞惭，避开别人的注视偷偷擦拭泪水一样，并且暗暗对自己竟然为那种艺术付出廉价的感动——即使那感动仅有两三分钟，也是不争的事实——而嗔恼。由此说来，依照一个具有现代教养的成年男性的理性来观照，那无疑就是一种"白痴的艺术"。那种羞惭，那种嗔恼，虽则感动但是对自己的感动却抱着冷蔑、批判的态度。这种态度，即使观赏山城少掾那样的名家演出，也是无法遏抑的，并且感动愈是强烈，其态度也逆反得愈加强烈。像我这样的老人自是历然可见，而对乡愁毫无触的年轻人，听了会是何样的感受，我实在很难想象。

京都有个名曰"断弦会"的日本古典音乐欣赏会，这个会经常组织"聆听山城少掾之会"活动，每次我也会收到邀请函。记得前年冬天一个寒冷的日子，我出席了这场活动。会场位于四条的东洞院附近，那地方以前是家料理屋，我对它不陌生，现在改成了出租会场，虽然有点旧但是很宽绰。我到了那里，上到二楼，只见两间屋子被打通，听众陆续聚集起来。对了，当时山城氏还被称为古靭太夫，所以活动的名称叫作"聆听古靭太夫之会"。我当时经织太夫介绍，第一次与山城氏近距离接触。之前在文乐舞台上见到的他，身上有种与已故泷田樗阴颇为相似的风貌。战争期间许久未见，他比以前更胖了，从旁看去已没有了与樗阴相似之处。不巧的是，当日在南座有个京舞会什么的活动，被分流掉部分听众，虽说恰逢星期日，但观众只坐了约六成。我环视座席上那些穿着大衣或和服夹袄仍缩起肩膀哆嗦的男女听众，一个年轻人也没有。像这种长调、舞蹈、能乐之类的演出活动，至少应该有那么几个人穿着漂亮的盛装吧，可实际上大多数是五十多甚至还要年长的听众，映入眼帘的尽是黑黢黢的面孔，衣着朴素，连纹样都不分明，要命的是穿西服的比穿和服的还多。令我感觉更加奇异的则是，聚集一堂的这些人容貌有着某种共同之处，就是不像日常在街头和其他公共场所遇见的一般人所具有的容貌，而是有着某种不一样的阴翳。我自大正十二年震灾以来已在关西居住很久，京阪人特有的容貌也见多了，经常出席各种人数众多的集会，从未感觉有什么特别。但是这次却不同以往，我产生了只身孤影来到他乡异国，身处一群陌生的异族人中间的感觉。从容貌判断，感觉这些人绝非我平常接触的普通京都人，更像是大阪甚至再往西的兵库、播州等地的人。这样说来，道八先生那种粗犷刚硬的神色，似乎在他们脸上也能够观察到。我忽然意识到，这种面孔可以归为一种类型，它就应该称之为"义太夫型"。仔细观察，我发现聚集于此的人们全都是非常热心的"净琉璃党"，估计其中大部分即使不是专业，但也是义太夫调演唱者或者是三味线弹奏者。换言之，长年浸染于义太夫调，使他们不知不觉便铸成了这种面孔。至于昔日的摄津大掾或如今的山城氏这样已臻相当境界的名家，由于形成了独自的风格，容貌也变得春风骀荡。但是，那毕竟少见，大多数尚未到达那样境界的义太夫调艺人，说愚钝或许言重了，不过面孔总感觉像是某种令人惶惑的时代错误，脸部油脂重厚，透着一种执拗的热情，鼻子、颧骨以及下颏的线条异常粗犷，脖颈上下则肥胖得可怕。（说句题外话，东京的江户净琉璃艺人，例如清元调的那些艺人，面孔酷似酒铺年轻伙计的非常多。）我并不是讨厌这种面孔，相反这面孔背后蕴藏着一种久经锤炼而成的无敌的艺术之力，有时我对其还是抱有好感的，但见到如此之多的相同面孔聚集一处，发现自己被包围于其中，不由地令人毛骨悚然，就好像不经意间踏入敌国的阵地一样。想到拥有相同面孔的人群所形成的氛围便是义太夫调的艺术世界，顿时感觉那是一个不可能接近、可怕、与自己无缘的遥远世界，脊背不由地阵阵发冷。

据精通义太夫调的人士讲，文乐不是用眼睛观赏，而是用耳朵去聆听的艺术。我们正相反，是为了欣赏偶人的世界而去观赏文乐的，若纯粹听义太夫调，去听像是山城这个档次的名家也是挑了又挑，顶多听一折戏而已。尽管如此，实际上在之前的战争期间，我还是不时有机会欣赏义太夫调的。前后历时五年的战争①期间，我大概有三年时间在热海的小庵度过，其间执笔倦怠了，便打开RCA留声机②来排遣一时的无聊。我的唱片大部分留在阪神的家中，带来热海的主要是些令人怀想起关西的唱片，即多为筝曲、上方歌③一类，此外还有少许义太夫调。由于数量不多，同一张唱片自然会反反复复听，山城氏（当时的古靱太夫）与清六合奏的"合邦④"便是其中不时聆听的曲目，尤

① 指第二次世界大战中的太平洋战争，这场战争自 1941 年 12 月 7 日日本偷袭珍珠港始，至 1945 年 9 月日本投降结束。

② RCA：美国无线电股份有限公司生产的半导体电子产品的商标。

③ 上方歌：日本三味线弹唱形式之一，有时与古筝合奏，与江户歌谣相对，主要盛行于京阪地区，又称为京歌、法师歌。

④ 合邦：净琉璃曲《摄州合邦辻》的通称。

其这套唱片是"合邦"当中收录最全的。我最喜欢播放的是从开始一直到第四张背面的"……回头瞧，可怜老母啊仍在将儿上下细端详"那一节，再往后面，只播放过一两遍，实在无法坚持听下去。然而这样片断式的聆听却让我感觉非常优美。我特别钟情"睡梦中也不曾忘记俊德大人，思慕之情叫我如何差排，冷不防……"那段的三味线演奏，忍不住会反复播放听上好几遍。据三宅周太郎氏说，"合邦"这折戏里矛盾百出，剧情很不合理，可是作为义太夫调，其曲调却有不少有趣的地方，令人难以拒绝。这个有趣之处大概就是指那样的片断吧。总之，即使通过唱片听那个片段的时候，仍能感受到清六演奏的三味线极富张力，令人的呼吸随着它紧张起来。不仅如此，似乎还可以联想到演奏者营造出一股邪恶的氛围。或许义太夫调艺人中那样的演奏者大有人在，不足为奇，但在外行人我的耳朵听来，三味线演奏恰如其分地将娇媚与紧张糅合在一起，将复杂的剧情表现了出来。我不由地感慨：往昔的日本人竟能谱写出如此邪恶而优美的旋律，真是不可思议啊。除此之外，还有道八先生和大隅太夫表演的义太夫调"逆橹①"。我为"逆橹"一折中的三味线深深折服。或许演奏者是道八先生也是原因之一，听到那旋律，我眼前立即浮现出波涛汹涌的大海，水势潋滟激荡，孤舟在水中来回折旋，船夫们拼命摇着橹逆流而进……相对于"合邦"所表现的病态的、魔魔般的美，"逆橹"则是一种男性的豪快感。这也令我恍然领悟到，原来义太夫所描摹的世界，在许多方面比长调或清元调都更富于变化（不幸的是，从热海向津山疏散的时候，"逆橹"唱片竟丢失了，后来一直留意，打算再入手一套，可至今寻觅无果）。

---

① 逆橹：净琉璃《假名（源平）盛衰记》第三折的通称。

在我偶然带去的唱片中便不乏这样的名曲，想必数量庞大的义太夫调曲子中一定还能发现许多撼动人心的片段。

整体来看，"合邦"这出义太夫调谣曲是多么无聊，我想凡听过的人都会意识到。在所谓的"白痴艺术"中它最具典型性，故我在此试将其中无聊之处指出二三。

本来，应按照顺序先探讨一下这出净琉璃谣曲的戏剧构成，但我既非这方面的专家，也实在毫无必要忍受通读这出荒唐无稽的谣曲之苦。只要读上"合邦"中的一段，便会心头生怒，忍不住要闭卷作罢，因此只消读几段便能大致想象出整部戏的荒唐和无聊。

这部净琉璃戏曲成于安永二年二月，据称作者为菅专助、若竹笛躬二人，但此二人的经历、创作这个故事的动机及经过、二人在什么地方从事什么生计，这些你我外行人都没有必要知晓。自然，我们也知道这出净琉璃戏曲是以谣曲《弱法师》为蓝本的，但《弱法师》所具有的高雅、幽玄、优美，在净琉璃戏曲中却无处可寻。同样是说佛，但一个以冥想作日想观①，一个却是喋喋念佛百万遍②，这种差异几乎随处可见。纯洁、自然、朴素的《弱法师》怎么会变得如此猥杂、不自然、晦涩难懂？最使我感到奇异——毋宁说感到不悦——的是，戏中的玉手御前被称为"大唐、天竺皆无一人可比之贞女"，而她恋慕干儿子俊德丸，给其喝毒酒致使其患麻风病，也被说成其实是欲救俊德丸之命而不得不为之的临时之举——这不过是迷惑人的花招而已。

---

① 日想观：又作日想、日观、日轮观，往生阿弥陀佛净土的十六种观法之一，出自《观无量寿经》，指以观落日而知极乐净土的方位，或想极乐净土的光相。

② 念佛百万遍：佛教用语，指在七天之内念佛一百万遍以祈愿极乐往生。

我不认为昔日的净琉璃作者脑子里清晰地印着恶魔主义的理念，但不知为什么，这部戏的作者却给人似乎对恶魔主义很感兴趣的印象。如果说前半部分玉手的言行实为假象，则至此好不容易烘托的恶魔主义之美的光彩会丧失殆尽，沦为毫无意义、荒诞无稽且惹人厌恶的败笔。作者有何必要在后半部分彻底颠覆前面的铺垫？或许是因为，倘使不将玉手写成一个善人就不被当时的道德观念所允许，出于无奈才如此拼凑而就吧。可尽管如此，后半部分的描写仍用力太猛，显得过于浓重了。问题还在一开始的宗旨便打算将她描写成大唐和天竺皆无一人可比的贤妇，故而前半部分着力写她如何费心劳神地想尽办法，试图力保家族安泰，其实这些都不过是为了后半部分突出她而埋下的伏笔（从菊五郎那里听到，舞台剧"合邦"中的玉手虽然也是贞女，但有种解读却认为，她似乎对俊德丸怀有几分暗恋，不过，菊五郎和已故梅玉所扮演的玉手御前并没有遵循这种思路）。事情似乎越捉摸越让人弄不明白，大概只能做如此揣测：当时的舞台剧和净琉璃采用此种悬疑手法属家常便饭。这部作品只想着令观客悬起心来观赏，挨到结局方才松口气，于是这也不好那也不行，绞尽脑汁，左支右绌，结果却拼缀成如此牵强的故事。即使姑且不做如此揣测，这则故事最致命的可笑之处在于，玉手倘若真是贞女，前半部分的言行只是苦肉计，那么此人必是极擅做戏，身怀专业演员一般的演技——若非此辈人，又怎么可能做得到呢？玉手的目的本来就是在不伤及治郎丸的前提下，解救俊德丸的性命，她就没有其他更妥当的手段么？这个疑问暂且搁下不论，像玉手那样欲以种种手段而巧妙达成其目的的，必须身怀某种特殊技能，才能装扮邪恶的恋慕假象，并令家族中所有与这场骚动有关的人误以为真。例如玉手在俊德丸面前施计假装自己险被父亲斩杀，而要达成这个目的，还需使其相信质朴老实的父亲是个大恶人，从而使其动怒，使其愤激——拥有如此高超演技的贞女，千人之中也找不出一个。

　　类似情节不仅仅是"合邦"中的玉手，"鲒屋^①"中的权太，"寺小屋^②"中的松王，"熊谷阵屋^③"中的熊谷，不论是无赖汉，还是忠臣或历史上有名的英雄人物，毫无例外多少都须身怀演员一般的演技，故事方能说得通，而像"盛纲阵屋^④"中的小四郎那样少年一个，居然也是如此，这才是义太夫调所具有的浮假之极致。对人性的无视和歪曲，恐怕没有比这个更加有过之而无不及了。德川时代的观众被这样的机巧编排蒙骗，并为之一掬感动的眼泪倒也罢了，但现代人（包括我自己在内）还时常有一瞬为之吸引，实在是不可思议。当然，出于忠义而欺瞒世人，不得已做出此种违心之举也不是说绝无可能，但义太夫调中的这种欺瞒实在过分得很，用力过度，周致得令人感觉极不真实。玉手御前只是其中的极端例子，其他不合理之处则是举不胜举。尤其是，令毫无过错的俊德丸和浅香姬等饱尝苦难，受到侮辱，甚至一族名誉受到损害，还令身为佛教信徒的父亲去犯杀子之罪，并哀叹"难道这是和尚必须做的事么？"，玉手所祈盼的阖家安泰又何在？莫如说她给众多的人带来了如此荒唐的不幸遭遇，其罪恶不足以抵补其善心。父亲质问玉手："女儿呀，你既有如此好意，为何非要随俊德一道离家？为父实在想不明白！"她回答："父亲大人

---

① 鲒屋：净琉璃戏目《义经千本樱》第三折的通称。
② 寺小屋：净琉璃戏目《菅原传授手习鉴》第四折的通称。
③ 熊谷阵屋：净琉璃戏目《一谷嫩军记》第三折的通称。
④ 盛纲阵屋：净琉璃戏目《近江源氏先阵馆》的通称。

责怪的是。可倘使我不找到他，他身上的伤还有麻风病便不得痊愈啊。"而让俊德彻底痊愈的必要条件却是，不仅要先找到他，还须玉手同他在一起时被别人斩杀，然后让俊德喝下其肝脏之血。这一条件之荒谬还在其次，首先是万一撞不到如此巧合的事情怎么办？以这种充满不确定性的脉络，试图弥补整个故事的不合理性，这怎么不令人愤然发指？对此作者似乎也于心有愧，于是又来什么："看，从这只贝壳酒杯里倒出的酒是秘传的毒酒，具有引发麻风的药力，杯子里装有隔片，我喝的是没有毒的酒！"仿佛变戏法的亮出底一样；"之前杀死俊德的巧计，不是被猜出来的，而是被人隔墙有耳听了去，因为知道得太详细了，这下糟糕！"以此交代计谋并非被人推断而知的；面对合邦的质问："既然治郎知道，为什么他不告诉俊德？事到如今再怎么辩解，为父的都不会听了！""不是的，父亲大人，不是您想的那样，此事之所以没有告诉夫君，是因为假如被左卫门大人知道，或者杀死治郎，或者会逼治郎切腹。他们两个对我来说都是您的儿子啊！"作者让玉手如此回答，以消解观众的惑疑。如此这般，兜兜转转，但越是这样，其巧伪越显眼，实在称不上高明。西洋早先的戏曲，例如莎翁的作品，故事情节可能不甚严谨，但绝不会有这般恶劣、执拗、令人不快的巧伪情节。即使是日本的净琉璃，比如巢林子①的作品，原本也是质朴、自然流畅的，只不过时移世易，随着全无巢林子那样天赋的亚流甚至末流的作者辈出，方堕落至这般令人厌嫌的境地。然而，不论是在义太夫舞台还是在歌舞伎舞台上，近松的作品几乎

---

① 巢林子：近松门左卫门的别号。近松门左卫门（1653—1724），本名杉森信盛，日本江户中期的净琉璃和歌舞伎作者，创作的《发迹的景清》奠定了义太夫调的基础，另有《曾根崎殉情》《国姓爷会战》等作品。

都不受青睐，而末流作者的白痴作品因为投人所好，反倒繁盛至极，这究竟是何道理？为什么德川时代的日本人，对这种荒唐无稽的二三流作品的欢迎更胜于真正的天才艺术？这很值得我们深思。

听说前阵子，有个美国驻军将校不知道观赏的是哪出歌舞伎，其中有切腹自尽的场面。当看到演员切腹之后仍旧能长时间地念唱，他觉得非常可笑。我们小时候，第一次由父母亲领着去旧式剧场看戏，也同样对这种情形感到怪讶。后来，随着一次次走进剧场，在明治以来众多名优的精湛演绎之下，这样的场面反反复复看了无数遍，便以为歌舞伎就应该是这样的，怪讶的神经开始麻痹了。时至今日，当看到第六代勘平饰演的类似场面，非但没有怪讶，甚至会心生感动。不意听到异邦人士说出其观感，非但不认为他说得在理，却因为自己丝毫没有觉察到其中的不合理且心怀感动地在观赏，唯恐异邦人士将我日本人视为异类，故而顿觉羞赧万分。诞生于江户时代的其他净琉璃都没有，唯独义太夫调特别喜爱描写此种残虐的场面，不见血腥便觉得不过瘾，这种情形究竟怎么形成的？这种曲艺形式在大阪得以发展成熟是何缘由？当然，并不是说残虐的场面就没有美感，描写残虐也无可非议，但义太夫调往往脱离故事本身的发展脉络，不必要地去渲染这种血腥场面。譬如，明明在切腹前就可以让戏中人物完成的念白，偏要等到一柄长刀插入腹部之后，才声嘶力竭地发出痛苦的声音，断断续续地说出来，大概是强调人的意志力足以战胜肉体上的痛苦，即武士道的精神。义太夫调似乎就是为应和这种需求而存在。其技巧已十分娴熟，于是反过来，为了充分展示其技巧，在情节设定上便需要有这种撑着垂死之躯而大段念白的场面，甚至超出了必要。如此看来，"合邦"中的玉手御前（虽然她并没有切腹），无论如何都应该在垂死之际大段告白，唯有这样方能显出作者的苦心良工。不过尽管如此，最终祭出"取寅年寅月寅日寅刻出生的女子的肝脏之血，装进盛有毒酒的盛器中给病人喝下"这类迷信伎俩，只能显得作者技穷智竭，实在算不上妙主意。《朝颜日记》[1]中的深雪也是采用类似方法使得眼睛得以复明。为何义太夫调的作者热衷于祭出这种愚拙的手法？因为这是一种最省事的方法。然而，没有比这种设定更野蛮、愚昧并令人不快的了。虽说故事发生的年代医术尚不高明，但也不可能就靠这种迷信治愈人的疾病。况且不论忠臣、孝子、节妇，全都因迷信而轻易抛舍自己的性命，事实上也无法令人信服。可是，在歌舞伎和净琉璃的世界，不仅热衷于展示这种实际不可能实现的莫名其妙的奇迹，身处其中的人们还都把这种奇迹发生视为理所当然，谁也不会怪讶。"喝下某年某月某日出生的人的鲜血可以治好病"这种设定本身荒诞无稽，故而以此为基干敷张故事，或喜或悲的戏中人全都令人觉得荒唐，甚至全情投入的观众也会令人觉得荒唐。

被父亲破腹之后仍表演大段的念白，最后感动了父亲，故事急转直下，在这一点上鱼生店主权太和玉手御前可谓异曲同工，但比玉手更加荒谬。权太告诉父亲，有个叫梶尾的武士，不知被主人谎称是弥助[2]而养育的其实是维盛，因而前来追捕。既然这样说，其后又揪着另一个人冒充维盛交给梶尾，轻易将他糊弄过去就显得十分可笑。要命的是，这部戏中类似这样急转直下的情节举不胜举。故事结局是，梶

---

① 《朝颜日记》：原为近松德三创作的歌舞伎狂言，后改编为净琉璃戏目上演，称《生写朝颜话》或《生写朝颜日记》。

② 弥助：生卒年月不详，传说是被转卖至日本的黑人奴隶，被献于织田信长并深得其赏识，后信长将他培养成一名武士家臣。

尾不仅得知弥助实乃维盛，而且知道绳子捆住的母子二人其实是权太的妻子和儿子，先前不孝不义的无赖汉不知何时脱胎换骨，恶性荡然无存，彻底变成了一个忠义之士，竟然全都洞察秋毫，并且故意设个圈套跟他开玩笑。还不止这些，戏演至最终才交代出真相，原来梶尾是领受了赖朝的密令，协助维盛逃脱危险，出家以避祸而来此的，赖朝、梶尾、弥左卫门以及权太本是一条心，都是为了保护维盛。既然如此，弥左卫门和权太等人的忠节便成了多余，看了实在令人无语。

负伤的权太对此也大为惊讶，表示："小人愚钝，还想蒙骗梶尾大人，他却早就全知道了，回头想想，我居然被蒙在鼓里，如此愚笨，早晚还不得丢掉性命！"这就更加可笑。这部戏中登场的梶尾平三景时简直是个拥有通天眼的可怕之人，作为褒赏赠给权太的赖朝战袍被转给了维盛，维盛正欲仿效晋朝豫让①衮衣以剑刺袍的时候，不意却发现战袍反面的短歌。他解开短歌的谜底后，割开接缝，终于得到藏在里面的袈裟和数珠——他从一开始便预见到这一切都将往设想好的方向进行。既然如此了不得，又何必让权太和弥左卫门搞出那么多喧纷？梶尾自应有更简便的方法帮助维盛，事实上戏中的情节安排似乎并非帮助维盛，而像是为考测权太和弥左卫门的忠诚，难道不是吗？倘使不是，这个梶尾武士设下圈套，让权太做这一系列表演又究竟为何？着实叫人摸不着头脑。如此一来，权太和弥左卫门与其说是忠义之士，不如说是两个愚蠢的倒霉蛋，明明可以不杀死自己的儿子却偏要将其杀死，明明不用死却偏要自己去死，整部戏也成了一出毫无意

---

① 豫让：中国晋朝的豫让为了给主人报仇，漆身为癞，吞炭为哑，使人不识其形，暗伏桥下欲谋刺赵襄子，未遂反为赵襄子所捕，临死前求得赵襄子衣袍拔剑击斩，以示为主复仇，随后伏剑自尽。

义的闹剧。顺便说一句，类似梶尾那样拥有通天眼的英雄豪杰在义太夫调中并不罕见，"太功记[1]"中的光秀和久吉早在"尼崎"一折中便预见他日将对阵山崎，并在天王山展开决胜之役；"轧棉马"一折中的斋藤实盛甚至能够预知数十年后的事情，知道自己老迈之后会在北国的筱原战场上战死，其时自己将满头白发染成黑发，化妆成年轻人上阵，死后敌方士兵将头颅丢在水中漂洗，才发现竟是实盛，自己最后交手的敌将是手塚太郎，双方在马上捉对厮杀，坠落马下，自己由于年老力衰，加上极度疲惫，满怀一名老武士的悲壮被手塚太郎挥刀削去头颅……

或许我对义太夫调的批评稍许过头了点。不过说老实话，类似这样充满矛盾、不合理的、滑稽的情节构成，在传统的历史戏以及净琉璃戏目中比比皆是，以上只是随便想到的略举二三例而已。其实许多人早已意识到了，无须我重复提及。但是多数人虽然意识到，却或者认为那是不得已之故，或者觉得时至今日来批评未免不通世故，因此宽而宥之，在这种意识驱使之下便也渐渐忘却了其不合理之处。于是在此我将这忘却之尘拂去稍许，使得它暴露在朗朗日光之下。当然，无数的作品中，也不乏情节合理的佳作。大致来说，世态剧[2]就没有这种别扭无稽，令人生厌的多是历史剧，而最能展示义太夫调艺术形式的恰恰是历史剧。文乐也有"三胜半七[3]""梅忠"之类的戏目，但稍

---

① 太功记：净琉璃及歌舞伎戏目《绘本太功记》的通称。

② 世态剧：日本净琉璃和歌舞伎中以当代社会的著名事件、市井故事等为素材改编成的
作品及其演出形式，以写实性为其特色。

③ 三胜半七：净琉璃、歌舞伎故事题材之一，以元禄八年（1695）美浓屋三胜与赤根屋
半七情死事件为素材创作的所有戏目的通称。

有地位的义太夫调演员是不屑一顾的。他们钟情的是英雄豪杰或忠臣孝子切腹、杀子，充满悬念和急转直下的故事情节的所谓"大型历史剧"。而这类戏就像前面所述，濒死的负伤者抵扞肉体的痛苦，忠义武士、烈妇失去爱子后强忍悲戚，心怀耿耿之志却故作狂人或愚人之态欺瞒世人，逼真地表现类似这种超人般的场景——煞有介事地将那种近乎不可能的事表现出来——正是义太夫调的独有技巧。倘使不是一流演员，是无法自由自在地发挥出这种技巧来的。换句话说，用微妙逼真的演技讲述不可能的事情，使得观众一时忘却其不合理性，这便是义太夫调的有趣之处。所以从义太夫调爱好者或义太夫调演员这一面来看，尽管荒唐无稽但将这种荒唐无稽发挥到了最大限度的历史剧，远比世态剧来得更加重要。

事实上，像山城少掾这样的一流演员所拥有的惊人技巧，本身已臻超人地步了。例如，"合邦""庵室"一折中有这样一句："夜深沉，森森道路幽……"本是一句很平常的念白，但是自山城少掾的口中吐出，竟不可思议地生出一股暗夜的氛围，令观众仿佛身临其境。如此这般的名家孤技，是经年累月修行和历练——几乎都为之付出了一生心血——的结果。数十人乃至数百人中之才有一人能够达到这样的境界，而大多数技艺平平的演员则将义太夫调所固有的缺陷暴露无遗，普遍令人不堪卒听。本来，不论哪一门艺术都有技艺高下之别，但很少有像义太夫调这样相差如此悬殊的，除了一两个非常优秀的名家能够完美再现艺术的世界，将剧中人物丰满立体地呈现给观众以外，其他平庸之辈的表演，或表情夸张，或身段丑劣，或肌肤渗着油汗，只会高声怒骂或号泣，身无长物，简直就是丑陋的化身。对于这样一门艺术，每每听到个中佼佼者饱蘸心血的积苦之谈，总是令人钦佩不已，莫大的敬意油然而生。但另一方面，又不由得使人觉得其修行之中似乎包含着某种不自然。我们无法不产生这样的疑问，难道就不能让他们稀有的天分以及不屈不挠的热情朝其他更加地道的方向发挥吗？义太夫调这门艰涩、苦难如影相伴，数十年如一日坚持历练也不能保证一定成为此中佼佼者的艺术，时至今日虽然渐显式微，但它曾经力压其他曲艺形式，风靡日本全国各个角落，说明它多么契合我们日本人的审美趣味。想到这里，我心中总是有点不悦。实际上，此前战争期间，几乎所有的文学艺术都受到无理压制，唯独义太夫调历史剧、文乐的偶人净琉璃以及一部分歌舞伎，得到别无所能的军阀政府大力扶持，宣称是国粹艺术。而当时的国民也盲目附和军阀政府，认为其足以享誉世界，以至自己对这种一厢情愿的想法也信以为真。我内心既厌薄，又觉得滑稽可笑，因为对义太夫调那种缺少逻辑性的缺陷以及种种矛盾、不合理视若无睹，将仿佛小便一样动辄切腹自残或杀人、对人的生命丝毫不尊重的残忍和不人道称誉为"武士道"，这正是军阀政府的特征。那个时代，日本一方面提倡尊重科学精神，并指出日本人的一大短处就是缺乏科学知识；但另一方面，与此完全背道而驰的义太夫调那样的东西却四处流布，这令我颇觉奇怪。结果，所谓"尊重科学"不过是空头主张，军阀政府真正青睐的是义太夫调。不管怎么说，近年日渐式微的义太夫调和偶人净琉璃等，似乎又忽然复苏，稍稍挽回了一些颓势，这全是借了战争的光，直至今日不能不说依然还剩有几分余势。不知是不是这个原因，自那以后，我一听到这种义太夫调，便不由自主地想起军阀政府的野蛮本性，想起当时日本国民的愚昧，于是厌嫌之情油然而生。

辰野隆的意思，我以为并非要全面否定义太夫调和文乐，而是想说明它不值得作为国粹艺术向全世界广泛宣扬。倘使确是此意，那我也愿意左祖此说。关于这个我联想起一件事。早前我曾在随笔《初昔》中写到过在文乐座观看中将姬[①]雪中受折磨的场面时的感受："偶人剧在处理这类场面时，不仅仅是演员在表演，而是逼真地呈现出一种现场感，有时候简直令人无法直视，这是文乐座中的每一位观众都不会否认的。（中略）其中年轻女性和盲人说唱僧被杀的场面最为可怖。被拉至屋外大雪之中的中将姬，披头散发，两脚蹬地，身体痛苦地挣扎着，此时演员发出笛子般尖锐的叫声，响彻全场，随后是一串含混不清的咕哝和呻吟，好似从鸽子喉咙发出的咕咕叫声，顿时令人喘不过气来。我很担心，不知会把坐在我两三排斜前方的洋人吓成什么样子。""我不知道别人怎么想，反正我觉得这种时候有外国人在场会令人扫兴。（中略）去歌舞伎座观赏第六代尾上菊五郎出演的'合邦'，被导引至座位，一落座就发现旁边坐着几位西洋人，当时心头掠过一个念头：今天看不成戏了。因为，玉手御前被杀的场面、俊德丸被喂下肝脏之血的场面、寅年寅月寅日云云的迷信等等这些稀奇古怪而又残虐至极的场面，他们看了会怎么想？想到此，还没等'合邦'开场，便忧心忡忡地巴望着他们在开场之前赶快离场，于是原本兴冲冲的观赏气氛被彻底破坏了，这是一开始就能想象得到的。"现代知识阶层的日本人，想必能够充分理解我的心情。

像这样的场合，我在外国人面前总是感到自惭形秽，不仅仅因

---

① 中将姬：日本传说中的历史人物，以她为题材的戏曲作品有净琉璃《当麻中将姬》、歌舞伎《中将姬当麻缘起》《莲华糸恋曼荼罗》等。

为舞台上上演的故事荒唐无稽，还因为将其礼赞为国粹艺术的全体观众也显得那样荒唐无稽，我猜想外国观众一定会认为日本国民是一群愚昧的人种。此外，我担心他们会觉得日本的艺术全都像这一样，残忍、野蛮、无视逻辑性，其国民性大概也不会有什么差歧。这样一想，我便气愤难抑。事实上，翻开我国的文学史看看立即就会明白，除了义太夫调文学，我国没有任何一种文学样式如此愚昧、如此残忍。平安朝以后的物语文学自然不必说了，即使是堪称义太夫调先祖的谣曲，也与今日的义太夫调完全相反——有素朴、幽玄、艳丽和冥想之雅趣，而无义太夫调之愚昧和低俗。我在观赏能乐的时候，情不自禁地想：我们的祖先创造出如此富于形式美的舞台艺术，让我们作为日本人得以享受观赏之福，我对他们的伟业几欲由衷道谢。德川时代的作家们继承了如此了不起的前代遗产，为什么会创作出那种扭曲的作品呢？至少从文学的角度来说，近松那样的作品属于例外，除此以外，在我国绝对没有能够列为一流的义太夫调作品，当它们恰巧与名家的绝技结合在一起演出时，我们不过是被其所表现的畸形美一时眩惑而已。

这些作品中描写的非人道的残忍行为，也绝非我国真正的武士道。古时候的武士，为了主君或许有时候可以牺牲掉自己以及妻儿眷属的生命，但像义太夫调"寺小屋""熊谷阵屋"以及"鲊屋"中那般乱七八糟、阴险刻毒的替身、假头颅事件，在保元平治以后的任何一部军记物语①中都没有出现过。即使在今天，这种行为也不是可以轻

---

① 军记物语：又称战记物语，日本以战争故事作为构成要素的叙事性文学形式，盛行于中世纪，涌现出不少优秀作品，如《保元物语》《平治物语》《平家物语》等。

率予以褒扬的。塾师源藏被传唤至庄头面前，庄头命令他割下菅秀才的头颅交给官军。源藏无精打采地回到家，扫了正在读书的孩子们一眼，愤愤骂道："你们一个个全是乡下孩子，一看就是没有教养的人家，指不上你们派用场！"转眼看见新来的孩子小太郎，立即和颜悦色起来："哎呀哎呀，看这孩子长得白白净净，气色高雅，跟官家或大户人家的孩子比一点也不差，真是老天助我啊！"这段台词，怎么听下来都像是个满肚子忠义的杀人恶魔说出来的话。虽说是为了帮助主君而一时鬼迷心窍，然而面对素不相识的别人孩子，心里盘算的居然是"派用场"，良心丝毫不觉得愧疚，怎么不叫人瞠目结舌？何况"寺子屋"等折子还被视为最具代表性的杰作，入选过战前的语文教科书呢！

如此想来，作为大阪乡土艺术的义太夫调以及和其有着密切关系的文乐的偶人净琉璃、歌舞伎的狂言等，是多么精心造作的"白痴艺术"啊——虽然早已有知，但经过这番思考想必更加明了。义太夫调尤其是这类白痴艺术的本宗正源，歌舞伎则除了源于义太夫调的作品以外，也有从能乐和江户净琉璃而来的舞剧、"助六"①及其他十八番②戏目，乃至默阿弥剧③等。虽或多或少夹杂有白痴的部分，但不至于令人

---

① 助六：江户古典歌舞伎戏目的通称，剧名因出演剧中主角助六的演员而异，一般指《助六由缘江户樱》，描写侠客助六（曾我五郎）的故事，为市川家的"歌舞伎十八番"之一，也是十八番中上演最多的戏目。

② 十八番：即歌舞伎狂言组十八番，简称"歌舞伎十八番"，指第七代市川团十郎为市川家的家艺而编定的十八种狂言，包括外郎卖、䂓、押戻、景清、镰髭、关羽、劝进帐、解脱、毛拔、暂、蛇柳、助六、象引、七面、鸣神、不动、不破、矢根。

③ 默阿弥剧：由河竹默阿弥创作的歌舞伎戏目的通称。河竹默阿弥（1816—1893），歌舞伎狂言作家，被誉为江户古典歌舞伎最后的集大成者，擅长创作社会剧、历史剧等。

看了不悦和厌恶，偶人剧甚至还具有瞬间将观众带入神话世界和梦幻世界的魅力。我虽出生于东京，但是移居关西已二十多年，早就融于上方地方的文化和风土人情，舞蹈较之藤间流、花柳流更喜爱井上流和山村流，音乐则比起长调、清元调来渐已更喜爱此地的上方歌。我实在无意贬损大阪人引以为自豪的乡土艺术，对山城少掾等平日熟识的好友也深感歉意，只是自己被视作义太夫调的无条件爱好者也很是困扰，所以只能诚实告白，以彻底扫除误解。

不过话说回来，这些所谓的"白痴艺术"，或许并不会像某些人所期许的那样莫名其妙就灭亡。以歌舞伎来说，毕竟向人呈现出了一种唯有我们日本人才能够呈现出来的官能美，短时间还不会失去其魅力吧。例如，已故梅玉[①]最后的舞台演出，去年的京都例行公演时饰演玉手御前，即使是对"合邦"颇为厌嫌的我，也看得心旷神驰着了迷，很长时间也不会忘记。此外还有多位明治以来的名家依旧健在，加上一批继前辈之轨的年轻人不断缩小与他们的差距，通过学习也逐渐达到了前辈名家的艺术境界。然而，我想不厌其烦地提醒各位的是，它并非可以自诩为世界性或日本国粹，并向外国人吹嘘的艺术。三宅周太郎用"痴美艺术"取代"白痴艺术"的说法，但它确确实实是我们生出来的一个白痴儿。从结果来说，生下的是白痴儿，却是容貌秀丽、非常可爱的女儿，因此作为父母的我们宠爱她自然是毫无问题，但是不应向外人炫耀夸示，只宜在无人处悄悄爱抚她。近来，成立了国际文化振兴会这类机构，频频将我国独特的文化对海外

---

① 中村梅玉：歌舞伎演员的世袭家名，屋号高砂屋。此处的梅玉应指活跃于大正至昭和前期的第三代中村梅玉（1875—1948），其塑造的《摄州合邦辻》的玉手御前、《绘本太功记》的阿操、《桂川连理栅》的阿娟等舞台形象广受推崇。

进行宣传，反过来再宣扬其在世界范围如何如何有名，这似乎成了一种流行。在出版商的广告中，连我也成了"世界性的"，真想找个洞钻进去。毫无疑问，像歌舞伎、文乐之类真的不想让它变成"世界性的"，理应由日本人恭谨地独享。此外，作为前述此种风潮的余波，中小学校及女子学校的老师们经常带领未成年的少男少女去观赏文乐等"国粹艺术"，这样究竟好不好呢？因为它已属于一种白痴艺术，让思想尚未形成的孩子无条件地观赏肯定不是一件好事。再说，孩子们恐怕根本无法理解其中的畸形美，只能看到表面的怪诞，弄不好心里还会暗暗与美国电影比较，从而对其产生轻渎之心。即使不至于此，但向孩子们灌输那些扭曲的情理和牺牲精神，也令人困惑。最重要的是，不能让尚在成长中的人产生一种错误认识，即那种艺术乃是日本的骄傲，是国粹。

还有一件事情始终令我觉得滑稽可笑：舞台演员和义太夫调演员等，在其艺术范畴内钻研和考据是理所应当的，可是戏曲评论家们往往喜欢无聊地穿凿附会，比如鱼生店的歪剌货权太究竟是什么时候洗心革面的？如果想成为一名戏曲观赏行家，对这类枝节进行一番考据或许有必要，但是面对一个原本就不注重逻辑性的世界，抓住其枝枝节节试图推敲其逻辑性，又会有什么益处呢？这种人的心理我实在无法理解。

故　里

关于故里，我曾在之前的《幼少时代》一文中详细叙述过。那片土地现在变成了什么样子，我却没有亲身前去看一眼。有一次乘车路经自己出生的地方，也只是坐在车上驶了过去，没有下车。昔日偕乐园所在的龟岛町一带，是我最后去看过的地方，那也已经是十五六年之前的事了。我出生的蛎壳町还有在那里长大的南茅町，差不多有三十多年没去了。此次，幸赖这份杂志的策划，使我在七十三岁的暮年竟然重返六十年前的往昔，又踏上故里的土地，真是大出意料。

我与摄影家滨谷浩君、小泷君、竹森君、纲渊君共五人，乘坐一辆宽敞的轿车，从京桥二丁目的中央公论社出发，首先经昭和大街翻越久安桥。昭和大街未建成的时候，东仲大街是那里的主干道，如今连这个路名都很少有人知道。蒿兵卫草鞋屋、文禄堂等铺子的旧迹早已不知所踪，只有我小学同窗开的峰岸商店还在。车子从久安桥向东拐，穿过电车轨道朝八丁堀驶去。在经过马场药房的时候，看到了仁成堂的招牌，从而知道它仍存续至今。明治时期，药铺门前永远云集着前来买药的人。他家的做法与别家药铺不同，掌柜①既是医师又兼煎药师傅，两三名掌柜隔着炭火盆，仔细倾听顾客述说症状，然后抓药调药。

接着驶往今天的茅场町三丁目、当年的龟岛町一丁目二十九番地偕乐园的旧址。这里同我出生的旧居一样令我充满回忆。我最后一次来这里，是在战争中偕乐园还没被烧毁的时候，当时笹沼夫妇还住在这儿。我记得自己走出后门的时候，对喜代子夫人说过一句话："大家保住这条命，后会有期哦！"没过多久，那一带便被焚烧一尽。我伫立在如今成为金商仓库运输株式会社茅场町仓库的建筑物前唏嘘不已。偕乐园最初就位于这个街角往里第二间，后来搬离。街角变成了桥爪医院，医院门前有条名叫沟川的小河，河上还有座地藏桥，桥头则是派出所，如今小河已改成了暗渠。经过大地震和战争的两次摧残，我少年时代的记忆已经荡然无存。

越过电车街向西掉头，从新场桥埂又来到阪本小学。正值学校放春假，大门上着锁，我站在门前搜寻着记忆。昔日的新场桥应该更往北，位于战后曾经残存一阵子的元新场桥的位置，学校的正门好像也在更北边。正面两层楼校舍的檐下悬挂着三条实美②书写的"阪本小学黉"小匾额，现在当然早已烧毁了。我绕至坂本公园。公园从前并不濒临枫川，那个地方是消防署，公园对着的是现在的电车街，公园内还有一间小巧的商店，样式仿佛上野韵松亭的缩小版。我们有时在那儿举办同窗聚会，现在已经不复存在了。我小时候曾听大人们

---

① 掌柜：旧时日本商店里的一种职位，经过学徒、二掌柜之后才有资格担任这个职位。
② 三条实美（1837—1891）：日本明治时期的政治家、明治政府首脑人物之一，曾担任右大臣、内大臣、太政大臣、内阁总理、贵族院议员。

讲，明治中期霍乱肆虐，死者众多，尸体来不及处理，这里堆积了很多死尸。我在这里玩耍的记忆太多了，写起来会没完没了。我小时候是个胆小鬼，又爱哭，打架的事情几乎没有过，只不经意地忆起大约十一二岁时，见到两个和我年龄相差无几的女孩在高兴地玩耍，便闯入其中跟她们捣蛋。女孩不满地瞪着我，嘴里好像还骂骂咧咧的，随即转身跑了。大概是我的性意识开始觉醒才会那样做的吧。

过电车街再往东去，便是茅场町药师的地盘。昔日，药师方圆有一个小公园那么大，药师堂、阎魔堂、大师堂、日枝神社、神乐堂、浅间神社、翁稻荷、天满宫等散在其中，里面还有弥生轩西餐馆、草津亭日本料理店、丸金泥鳅料理店、宫松曲艺场等，糖果铺、饼干铺、糯米团子铺等露天摊铺则列肆于巷子旁边。如今，这里变得很狭小。我记忆中印象最深的是阎罗王，现在阎魔堂连一点点影迹都没有了。我进入彻底变了样的药师堂和日枝神社参拜，朝建筑里面觑看，可不论如何觑看，都无法浮漾起往昔的影子。唯泥鳅料理店丸金经过六十年岁月，至今仍生意兴隆，这让我感觉十分不可思议。虽然此刻还未到中午，但我很想改日挑帘进去，小酌一杯。

丸金前面，明德稻荷①与翁稻荷合祀于一处。读过《幼少时代》中"神乐与茶番剧②"的人，便知道少年时代的我与这个明德稻荷有着多么难解的缘分。这个稻荷原本在茅场町南部五十七番地，位于今天从千代田桥至永代桥的电车街途中灵岸桥大约往西一百米的道路上。我

---

① 稻荷：专门供奉宇迦之御魂神的神社。宇迦之御魂神又称仓稻魂神，为日本神话中掌管稻谷和食物的神。

② 茶番剧：又称"茶番狂言"，日本滑稽短剧的一种，分为"立ち茶番"（穿戏装表演）和"口上茶番"（单纯口说）两种形式。

家在五十六番地的一条巷子旁。走出通向茅场町后面的巷子，街角边就是明德稻荷的祠堂。祠堂前是神乐堂，那儿门前老是黑漆漆的，晚上从堂前走过总有种瘆人的感觉。每月八日的晚上，神乐堂里上演茶番剧，只有那时堂前才稍稍亮堂一些，往来行人也多起来，显得颇热闹。翁稻荷被移到这个地方，跟明德稻荷合祀，总算保存了一个名分，或许比被人忘记得干干净净要好。

我还去了茅场町的旧居。住五十六番地之前，我大约六、七岁的时候还住过四十五番地。五十六番地已经改造成了电车路面，四十五番地的街衢倒保存了下来。原先位于街角的保米楼西餐馆，一直生存到战争爆发，在它后面第二间便是我家。保米楼的旧址如今变成了一个叫"茅场寮"的出租屋，它隔壁的西服店和再隔壁的麻将馆就是我家旧址。小时候，感觉茅场町的道路非常宽阔，现在站在那里看，却显得很逼仄。我在这个街角来来回回走了两三遍，伫立街角努力观想着。加之先前上车下车反复多次，本来就脚力不健的我已经略感吃力。时间虽是四月五日，但天晴气朗，外面十分暑热。于是来到灵岸桥堍，躲进连雀町的阴凉处，找地方解决午餐。口有点渴，我叫了啤酒润润喉咙，另外点了一屉荞麦面和一碗蘸料汤。

午后前往兜桥，参拜了兜神社，然后驶经在昔日涩泽荣一^①府邸旧址上建起的日证大厦，来到铠桥。战后，车辆通行改走茅场町的昭和大街，铠桥便日渐衰落，最后连桥的影子都不见了，仿佛又回到了往昔的渡口模样，再后来才重建起在摄影集中经常出现的现在的铠桥。

---

① 涩泽荣一（1840—1931）：日本近代官僚、实业家，曾担任德川庆喜（德川幕府最后一代将军）的幕臣，明治维新后潜心实业，创办有日本第一国立银行、王子制纸、大阪纺织、东京海上、日本铁道等众多企业，被誉为"日本资本主义之父"。

我伫立在"铠桥"的铭牌前，脑海里却怎么也浮现不出昔日的铁桥风貌，只是回忆起，少年时代的我身高刚刚够得上铁桥栏杆时，将下颏压在冷冰冰的栏杆上，望着桥下日本桥川的河水潺潺流淌，总会产生河水不动是桥在移动的错觉。站在桥上可以看见桥的西南侧，我的好友、船夫之子家里的船总是系泊在岸边，我不止一次跑上船去玩耍。有名的鸿巢咖啡馆最早就在小纲町的河岸边，从这座桥上便能看到，如今不知道是哪幢建筑的位置了。

我没有过铠桥，而是从茅场町翻过灵岸桥。靠河边一排工厂仓库鳞栉，稍稍存有几许昔日的风貌。过了灵岸桥，车子朝左拐，在大国屋前的街角转弯向凑桥方向驶去。关于大国屋，我在《细雪》中描写过，这间河鳗饭店从我记事的时候起就存在了。大国屋的隔壁记得是间荞麦面馆，再隔壁则是间叫"真鹤馆"的旅馆，现在这个地方变成了一间名叫阪井的商店。在深川小名木川的"釜六"当掌柜的祖父，后来辞职用百两金子买入一间旅馆的股份开始独力创业，正是这间旅馆。后来祖父搬至蛎壳町从事印刷业，便将真鹤馆转让给二女婿，由其经营，所以我住在茅场町那阵时不时跑到这里来玩。有天晚上，附近人家失火，他家两个女儿——和我同样年纪的稻子和她姐姐光子，用衣物罩着头，冒着散落的火星跑到四十五番地的我家来避险。凑桥对面有间"凑寿司"，我在他家吃过不少次白食哩。从凑桥去往箱崎桥方向的路上，有间卖棉布的铺子远州屋，有时候我会跑去他家，依照母亲吩咐帮忙做点烦碎活儿。

驶过电车街往永代桥方向去，翻越丰海桥，在箱崎桥前面向右拐弯，经新永久桥堍来到永久稻荷。昔日的永久桥感觉好像位于今天的永久桥以东。再往东去，那座土州桥是从前没有的。土州桥建成之前，今天的箱崎町四丁目一带是片长满芦苇的湿地，湿地中央是山内侯^①的别墅。这位一直活到明治初年的山内侯，由于晚年精神有点不正常，将别墅的屋顶拆掉安上玻璃，灌入水，在其中饲养金鱼，他从下面仰头望着优哉游哉的金鱼，喜不自胜；还有，据说外出散步的时候，他曾将走在街上的美女掳回别墅为妾。这些传说我是从母亲那儿听来的，不知母亲是从谁那里听来的，总之真伪莫辨。每年到了某个月份，永久稻荷都要举行祭祀活动，那天别墅里能看到众多土佐出身旧藩士中的头面人物。有一年，我站在路边，很幸运地见到了日清战争中旅顺口之役的勇将山地独眼龙将军^②乘着马车从永久桥上经过的雄姿。将军戴着军帽，身材看上去比《绘草子》^③或照片上见到的更瘦小，不过肌肤却像铁铸似的，可以想见是栉风沐雨，出入千军万马雕锻出来的。

土州的老宅被拆，土州桥建成、箱崎町四丁目完成社区改造之后没多久，我家便从蛎壳町搬到了这里，我和弟弟精二的青少年时代大部分是在这里度过的，但现在再走过这里，却怎么也找不到先前的家究竟在哪里了。我曾经常来到看得见大川的河岸边，眺望着对岸万年桥以及浅野混凝土工厂那高耸的烟囱，或者站在如今中洲桥所在的地

① 即山内丰信（1827—1872），别号容堂，日本幕末大名、土佐藩藩主，授麝香间祗侯（明治初授予维新有功的华族和官僚的非世袭荣誉身份），曾臣事德川幕府四代将军，明治后担任首任内国事务总裁。

② 即山地元治（1841—1897），土佐藩士出身的日本军人，少年时单眼失明，后被人称"独眼龙将军"。中日甲午战争爆发时为陆军中将，先后担任第六师团长、第一师团长，率兵攻陷金州（今辽宁大连一带）、旅顺、田庄台等地。

③ 《绘草子》：江户时代时兴的一种面向妇女儿童的大众读物，内容主要为解说时事和社会事件，附有插图。

方，朝中洲的真砂座方向远眺。中洲与箱崎之间竟有这样一座桥，我是最近才知悉的，这回则是第一次经这座桥来到中洲。真砂座的旧址现在是一个存放铁管弯头的仓库，大门紧闭，当年小山内薰①和伊井蓉峰②等人合作发表关于近松剧③的文章就是在这间小屋。看着它，脑海不由浮漾出河合武雄④的父亲大谷马十⑤、山崎长之辅⑥、美艳动人堪称今日"花样男旦"先驱的若水美登里⑦等一众耀眼明星在舞台上的曼妙姿影。走过辅桥，来到浜町三丁目的河岸边，或许是退潮的缘故，河道干涸，河中臭得没得说了。在铠桥附近即有此感觉，但这里更加厉害，沿河而居的人家想必实难忍受吧。桥上到处晾晒着煤团，旁边还有海带。在这种地方晾干的海带，会多臭啊。从菖蒲桥再折回中洲，然后驶过清洲桥。当年此桥建成后，万太郎君曾写下俳句一首："兹来好去处，赏月名迹冠东京，还数清洲桥。"我是第一次翻越这座桥。从这里越过与我向有夙契的小名木川，翻过万

---

① 小山内薰（1881—1928）：日本明治至昭和时期的剧作家、戏剧导演和剧评家，半生致力于日本演艺事业的革新，曾效仿法国文艺沙龙形式开设日本第一家咖啡店，成为当时文化名人的聚会之所。

② 伊井蓉峰（1871—1932）：明治时期日本新派歌舞伎（发轫于1888年的歌舞伎流派之一，因其剧团名"新派剧团"而得名，今天的东京新宿歌舞伎座即当年新派剧团的据点）的代表人物之一。

③ 近松剧：指江户中期歌舞伎脚本作者近松右卫创作的传统歌舞伎戏目。

④ 河合武雄（1877—1942）：活跃于明治中期至昭和初期的日本新派歌舞伎演员，以反串饰演女角著称，与伊井蓉峰、喜多村绿廊并称。

⑤ 大谷马十（1842—1907）：通常指第三代大谷马十，幕末至明治时期的日本歌舞伎演员。

⑥ 山崎长之辅（1877—1924）：日本早期电影演员。初热衷新派歌舞伎，为伊井蓉峰弟子，后转向电影拍摄，共参演二十多部电影。

⑦ 若水美登里（1882—1934）：本名北泽浜之助，日本早期电影演员，擅长反串饰演女性角色。

年桥，站在新大桥上俯瞰三川汇流的景象，然后沿浜町河岸踏上川口桥，穿过有马小学门前，来到水天宫后面的小路。这一带便是我年轻时的作品《少年》的舞台，虽然我自己读的是阪本小学，但亲戚中大多数人毕业于有马小学，因此我对它也有着不少记忆。当年，水天宫的后门外有间叫"武内"的酒馆，许多有名的演员、文人等经常来此游娱，还曾发生过正宗白鸟氏[1]和如今已经作古的近松秋江氏[2]为争夺艺妓而大打出手的事件。白鸟氏的《微光》及秋江氏的某小说好像就是以此为素材的。如今重游此地，见"武内"仍存生得好好的，倒令人深感意外。

我从后门走进水天宫。从前，水天宫除去庙会日，平时总是大门紧闭，不让入内的，不过现在已经一改前贯。何况今天是五日。《少年》的起首写道："……从蛎壳町二丁目的家走向水天宫后门的路上——偶人町街道的上空淡霭轻笼，鳞次栉比的商户门前的蓝色帘子被阳光照得暖洋洋的……"今天正是这样的天气。寺庙内仍和往昔一样旷阔，从大门延伸至寺庙的路上，依旧挤满了各式各样的露天铺子，一如从前，令人倍觉亲切。"……偶人町街道上的露天铺子挂满马灯，有比画剑术的，有杂耍的，螺号的声音在向晚的天空震天价响，有马先生的屋前挤满黑压压的人群，卖药的手指露着腹部的偶人女孩，扯起嗓门拼命白话，还有总是副乐呵呵模样的七十五座神乐表

---

① 正宗白鸟（1879—1962）：活跃于明治至昭和时期的小说家、剧作家、评论家，自然主义文学代表，其创作特色为淡淡的虚无感中暗含尖锐的批评精神，1935年与岛崎藤村、德田秋声等人共同创建日本笔会。

② 近松秋江（1876—1944）：日本近代小说家、评论家，私小说代表人物之一，其作品多描写狎游情痴而被斥为"游荡文学"。

演、永井兵助的瞬间拔刀绝技……"虽然没有小说中那些场面，不过叫卖各色物品的商贩，高声招徕顾客的情形一成不变，献纳许愿帖子的地方甚至还有人手持扩音喇叭，介绍着水天宫的由来。这般春风骀荡的光景，我很久没有陶沐过了。遇上京都壬生念佛[①]的日子，才能见到这般热闹的光景，而在东京，我真的很久没见到了。看到有售卖米酒的摊档，便回忆起往昔偶人町的情形，被竹森君催促着往里面走去。一边走一边回忆起《水天宫利生深川》[②]中的笔屋幸兵卫，心里暗忖：绘有铁锚的彩马匾额不知现在还卖不卖？一打听，果然没的卖了。从前庙会日以外的日子，大门是紧闭的，我曾经跟着乳母从门外朝里张觑，门上嵌着格子窗，窗子是打开的，里面就摆着香钱箱。还是孩童的我好容易才伸手够到格子窗，将角子扔进去，便听到落到香钱箱里发出的叮当声。

　　从三原堂所在的街角穿过偶人町街道，继续往芳町方向走去。"偶人町街角的绘草子店清水屋，近来新进许多三折页的战争绘卷，悬吊在店头，作者大多是水野年方、尾形月耕、小林清亲[③]三位画家。对一少年来说，这些绘卷没有一件不让其垂涎三尺……"《幼小时代》中有这样一段话，这间清水屋如今变成了玩具店，所幸仍在以前的位置，令人差可欣慰。它隔壁是河豚料理店"兼万"，对面原先的

---

① 壬生念佛：京都壬生寺每年4月21至29日期间举行的念佛法会，中间还会演出狂言剧，称为"壬生狂言"，非常热闹。

② 《水天宫利生深川》：歌舞伎戏目，河竹默阿弥作，描写没落士族幸兵卫卖笔为生，后不堪高利贷逼迫，抱子投河的悲惨故事。

③ 均为活跃于明治中晚期至大正年间的浮世绘画家、版画家。

瓷器店则变成了佃煮店。听说鸡肉料理店"玉秀①"就在它上面的二楼，实际上从街角向西拐弯，搬到了距离从前不远的地方继续营业。从"玉秀"再稍稍往西便是芳町一丁目，即是从前的蛎壳町二丁目十四番地，是我呱呱坠地的地方。明治十九年七月二十四日，盛夏之际，我降生在土仓的一张席子上。据当时的老人说，那年的酷热是创纪录的。我父母因为种种原因，与谷崎家的正支也就是我祖父久右卫门一家同住，那间土仓本是祖父开办的谷崎活版印刷社的库房。一直到我五岁，全家都和祖父母家一起生活。每到傍晚，我从后面的屋子出来，来到印刷社的账房，"跟那些小伙计一起玩耍，或者两手攀住窗上的格子，朝外面的人行道上张望。格子的大小约莫有五岁的我的脸孔大小。我将脸贴住冰冷的铁窗格，抬头望着印刷社对面那间叫'今清'的牛肉饭馆的二楼。'今清'的西首，从年糕片店一直到前面的横马路，那一带并排开设着好几家射箭店，人们把那些店称为'射箭游戏场'，实际上相当于后来的'十二层楼②'或'玉井③'那样的场所。越过印刷社的窗户可以隐约看见里面的女子隔着玻璃拉门，朝路上走过的男人搭讪，也有男人朝门内张望的光景。"（《幼少时代》）从这边能看到对面的街景，自然，现在"射箭游戏场"和"今清"都早已不存在。年糕片店一直开到大地震那会儿，后来听说搬到神田那边去了。至今仍健在的"玉秀"就在我家东边隔开一两间

---

① 玉秀：创设于江户中期的鸡肉料理专门店，迄今已有二百五十余年历史，擅长使用鸡肉原料开发多各种品目，最著名的有"亲子盖浇饭"等。

② 十二层楼：即东京浅草凌云阁，楼高十二层，故俗称"十二层楼"，为日本当时最高的建筑，后地震被毁而拆除。因凌云阁下私娼麇集，时人以"十二层楼"代指风俗场所。

③ 玉井：东京墨田区向岛地区东部一带的旧称，原为烟花巷。

房子，是非常好吃的鸡肉料理店——但我没有进去享用过，一直是让他家伙计送到家里来吃的。这间活字印刷社所在的建筑后来由叔父二代久右卫门转给我伯父久兵卫，久兵卫死后为一个叫冢越的人所拥有，直到震灾一直保留着昔日的模样。如今这儿围着板屏，上面钉着一块牌子："冢越商事株式会社临时营业所"，里面的模样一点也看不到。尽管如此，我的出生地毕竟以这种形式清清楚楚地标记着，我还有什么不满足的呢？

我又有些口渴，于是在"玉秀"附近一间名为"快生轩"的咖啡店小憩片刻。不知道为什么，故里重游的感觉一点也不强烈。随后在明治二十七年六月大地震的时候，"母亲将我紧紧抱在怀里"的地方、当时蛎壳町"一丁目与二丁目交界的大街"过去一点的谷物交易所（现在的东京谷物商品交易所）、伯父的谷崎久兵卫商店旧址、喜代川河鳗店、三桥堂糕点店前转悠一圈后回到偶人町，前往大观音。"以前，位于街道稍稍向里凹进去的地方，石板路的两旁并列着许多玩具店，宛若浅草仲见世商业街的迷你版一般。"但如今，只剩一座狭陋的神祠，唯有一对写有"偶人町大观音"的灯笼，令人忆起往昔。我曾在这儿的玩具店被猫抓破脸皮而大哭，玩具店老板娘看我可怜样，把玩具军刀给我打了折扣，还有观音堂甍顶上装饰有《八犬传》芳流阁[1]同一样式的偶人。那偶人竟然自说自话地活动起来，引起轩然大波。我在《幼少时代》中有详细记述，这里就略去不说了。

---

[1] 曲亭马琴创作的读本《南总里见八犬传》中，有犬冢信乃与捕手犬饲见八在芳流阁上激烈格斗的场面，后成为据此改编的歌舞伎戏目中经典一幕。

在偶人町一路闲游至末广亭，转入芳町街道，经过宝来屋、猿屋牙签店，然后向北行至昭和大街。本月歌舞伎座上演的富藏《四千两》①那出戏里讲到传马町的牢狱，我们一行参谒了牢狱旧址内供奉的弘法大师②，观瞻了石町的大时钟③，随后前往筑地明石町的旧租界。早年，这里有间名叫"塞尔玛"的英语塾，由一对外国姐妹开办，我从小学一直到高中三四年级。每天晚上从茅场町绕一个三角形，穿过铁炮洲去这间学塾补习英语，走在黑漆漆的路上心中惶恐的情景至今也无法忘记。"塞尔玛"的正式名称叫"欧文正鹄学馆"，是栋二层小楼，百叶式的外墙横扣板涂着油漆，不知道现在位于哪个位置了，大概在圣路加医院后面隔一个街区，不过我不敢肯定。

来到大都市酒店所在的海岸，从电信创业之地的石碑前经过，最后在东京都观光汽船码头前拍下今天故里重游最后的纪念照片。大佛君④《江户夕映》中出现的旧幕府时代的海关和轮船码头大概也在这一带吧。越过明石桥，从小田原町来到胜関桥塊。日头仍高悬，约莫下午三点左右，这一天的闲游结束了。

---

① 《四千两》：又名《四千两小判梅叶》，默阿弥创作，卖酒郎富藏是戏中一个角色，由尾上菊五郎饰演。

② 弘法大师（774—835）：法名空海，日本真言宗开山祖师，作为日本弘扬佛法的先驱者，在日本享有崇高的声誉。

③ 石町时钟：铸于1711年，高1.7米，钟口直径93厘米，明治初期鸣钟报时被废止，后移至十思公园，1953年被指定为东京都文化财产，每年仅除夕鸣响。

④ 大佛次郎（1897—1973）：日本现代小说家、剧作家，代表作品有《鞍马天狗》《赤穗浪士》《归乡》等，《江户夕映》是他创作的歌舞伎戏目并被拍摄成电影。

幼少时代的美食记忆

就美食而言，关东完败于关西。事实上，要说鲜美的食物，没有任何一个地方能比得上京阪一带，尤其是京都。即使在东京，数得着的美味食肆，如今大多也都是经营京阪风味的铺子。我等虽是土生土长的东京人，但是论享用美食，仍然除却京都风味便无法称心尽意。这倒无关可不可口的事，而是幼少时代吃惯了的东西，会令人回忆起往昔时光，所以时不时就想再品味一番，不过明治时期东京的食物，如今在东京任何一个地方都很难享用到了。

举例来说，"关东煮"这个名字，据说是东京的"御田煮"传到关西之后才变成"关东煮"的，至今东京一带有时不说"关东煮"而仍旧称其为"御田煮"。东京的御田煮原本使用的是圆形的赤铜锅，汤汁也又黑又稠，但近来学了关东煮使用起方形的铜锅，汤汁也变成清澈透明的汤汁，可是这样一来就完全没有了御田煮的感觉。还有，那些儿时经常吃的、至今想起来仍觉得美味无穷的食物，我还想到一些，不妨列举如下：

醋腌萝卜。我最陈旧的记忆中的食物当数醋腌萝卜。将白萝卜切成细条，放入甜料酒、砂糖、酱油和醋混合而成的汁液中腌泡制成。好像关西也把它称作醋腌萝卜。不过据出生在大阪的我妻子说，那儿的醋腌萝卜没有东京的甜，而且是使用生抽酱油腌制的。我至今还清楚地记得，大约四五岁的时候，我和乳母经常对着醋腌萝卜，却仿佛面对年节时才吃得到的珍奇美味似的，喀嚓喀嚓地大嚼特嚼。

宝来屋的煮豆子。我家在日本桥的蛎壳町，离我家不远的新葭町有间叫宝来屋的豆子铺，非常有名，如今应该还在并且依旧生意兴隆。醋腌萝卜之后，我回想起的便是他家的花扁豆、芸豆、富贵豆和黑豆。"富贵豆"这叫法关西大概没有，我猜想是写作"富贵豆"，用蚕豆做原料，晒干变硬之后再用水煮到发软，颜色呈淡淡的黄色。黑豆的做法不像关西，不是那种煮得酥酥的、圆鼓鼓的，而是硬硬的，上面布满蹙缩的皱褶。关西的做法是我所喜食的，不过宝来屋的煮黑豆绝对是东京最好吃的。如今这间铺子应该仍在卖这种煮黑豆。

什锦天妇罗。所谓什锦天妇罗就是蔬菜天妇罗，也就是各种油炸蔬菜，原料有胡萝卜、牛蒡、番薯、藕片、鸭儿芹等。蛎壳町附近，好像是芳町抑或元大坂町一带，从前有一间专卖什锦天妇罗的老铺子。他家卖的不叫油炸蔬菜，而称作"油炸小女郎"，也是我小时候时常买了吃的。可惜这间铺子在大震灾中毁掉了，如今开在哪儿不得而知。

醋酸沙丁鱼汤。将整条的黑背沙丁鱼与切成细长块的萝卜一起煮，煮熟后稍加些许醋即成。这种醋酸沙丁鱼汤是纯粹的关东料理，关西完全没有，不过即使在东京大多数人恐怕也已不知道了。它的味道清新脱俗，我直到现在依旧喜欢得不行。

海带鳕鱼汤。将抹有薄盐的鳕鱼切成合适的大小，放入切成条的青海带煮成的汤。海带鳕鱼汤所使用的青海带也是关西没有卖的，不过近来东京也难买到正宗的青海带了，市面上售卖的大多是染过色的，一煮就全掉色，实在令人无语。

葱段金枪鱼。关东煮的材料中有一种葱段金枪鱼，金枪鱼段和大葱段一段隔一段地串在签子上。但在从前一说到葱段金枪鱼，一定是指盛在碗里的葱段和金枪鱼煮成的汤，是用金枪鱼的肥肉加葱熬煮而成的。据说关西人则是将葱段、金枪鱼和豆腐一起炖煮的火锅称为葱段金枪鱼，我曾经在大阪友人家里受到过这种火锅的款待。

牛肉涮锅。"火锅"这个称呼不知道什么时候传入东京的，至少明治时代是没有这种叫法的。那时候，人们都称其为"牛肉涮锅"，不说"吃火锅"而说"吃牛肉"。火锅的锅子是圆的，中央凹陷，而牛肉涮锅的锅子是椭圆形的，锅底是向一边倾斜着凹陷下去的。关西火锅是除了肉还放各种各样的蔬菜一起煮，牛肉涮锅则是只放葱段，以及添加白汤而已。

要是追想，还能回忆起许许多多美食来，暂且就先把浮上脑海的罗列于此吧。